マドンナメイト文庫

憧れのお義姉ちゃん 秘められた禁断行為

露峰 翠

目次

contents

第1章　セーラー服の義姉……7
第2章　テニスウェアの美人先輩……69
第3章　黒い下着の人妻教師……131
第4章　ウェディングドレスの義姉……195

憧れのお義姉ちゃん　秘められた禁断行為

第一章　セーラー服の義姉

1

「今夜はオムライスよ。臣《おみ》くん、好きでしょ」
紺色のセーラー服を着た結衣《ゆい》は、テーブルに買い物袋を置いた。
空いた両手で横髪に手櫛《てぐし》を通す。
細い指は暗闇を泳ぐ白魚のようになめらかに黒髪を梳《す》き、うしろによせて束ねる。
今まで隠れていた長い首があらわになった。
肩から徐々に角度を上げる首すじは細く、はかなげな白さをしている。
微《かす》かにほつれた細い毛が白い肌を霞《かす》ませ、女性らしい色気を漂わせた。

アーモンドに似た形のよい目と顎の下の小さなほくろがチャーミングだ。

(お義姉《ねえ》ちゃん、今日もきれいだな)

小学六年生の新見《にいみ》臣斗《おみと》と高校三年生の結衣は、義理の姉弟《きょうだい》だ。

臣斗は早くに父親を亡くし、結衣は早くに母親を亡くした。

それぞれの親が再婚したものの、臣斗が小学生になる前に母親が他界した。

そんな環境もあって、結衣は義姉《あね》のひとことではかたづけられない存在だ。

臣斗はもうひとりの家族を思い出す。

「さっきお義父《とう》さんから電話があって、明日は帰れるって」

義父は工場機器の技術者で全国を飛びまわっているため、家を空けがちだ。

必然的に、姉弟はふたりきりですごす。

「わかったわ。今夜はふたりきりぶんね」

「僕も手伝うよ」

「それならタマネギをお願いしようかな。三つね」

「ラジャ!」

調子よく返事をし、臣斗は冷蔵庫からタマネギを取り出し、外側の皮を剥《む》く。

その間、義姉はセーラー服の上からエプロンをつけた。

うしろ手で紐《ひも》を結ぶと、腰まわりがキュッと窄《すぼ》まり、胸もとのふくらみを隠しきれなくなる。紐を締めたことで、流麗なボディラインが強調された。

乳房は前方にまるく隆起し、脇の下のあたりでゆるやかに窄まり、そして腰から下腹部へ向かって横になだらかにひろがる。前後左右に起伏に富む。

(やっぱりお義姉ちゃんのおっぱいは大きいな……こんなにおっぱいの大きな美人、学校にはいないし、僕が知る限りお義姉ちゃんだけだよ)

タマネギの皮を剝きながら、義姉を誇らしげに思った。

結衣は臣斗からタマネギを受け取る。

「ありがとう。あとはやるから、一時間くらい待っていて」

「まだ手伝うよ。僕も食べるものだし」

「臣くん、偉いね」

結衣は臣斗の頭に手を乗せて、やさしく撫《な》でた。幼子をあやすような慈しみのこもった手つきで、頭皮をくすぐられる。叶《かな》うものなら、ずっと撫でてもらいたい。

しかし、そうはいかない。

(勉強、大変だもん。お手伝いぐらいやらなきゃ)

結衣は高校三年生で、毎夜遅くまで勉強している。

小学生の臣斗には苦労を実感できずとも、大変だということは想像できる。
義姉の負担を減らし、少しでも受験に備えてもらうべきだ。
(それにお義姉ちゃんといっしょにいられるし)
義姉の勉強は邪魔できないので、ふたりでいられる時間は貴重だ。
とはいえ、無条件にやさしくされると、それはそれで気恥ずかしい。
頭を撫でていた義姉の手を払う。
「僕だって来年から中学生なんだから、いつまでも子供扱いしないで」
義姉は目尻を下げた。
「サラダもお願いしちゃおうかな。パパッとご飯の用意するからね」
結衣はシンクのほうを向いて、蛇口をひねった。
臣斗からは義姉の背中が目に入る。
とくだん背が高いわけでも、目立つわけでもない。
夕食を用意するときは、いつも制服のまま髪を上げている。
幾度となく見たそのうしろ姿を眺めていると、なぜか安堵《あんど》した。
(あんまり役に立たなかったな)

虚《むな》しい思いが溜息《ためいき》となってこぼれた。

実際に夕食にありつけたのは、ほぼ一時間後だった。

義姉ひとりで準備をするところをふたりで準備したのだから、半分とは言わないまでも、もう少し時間短縮したかった。結局、義姉の貴重な時間を奪ってしまった。

「どうしたの、浮かない顔して」

「いや、なんでもない」

「そんな顔していたら、せっかくのご飯もマズくなっちゃうわよ」

ふたりはテーブルに向かいあって座っていた。

テーブルの上には、オムライス、ツナサラダ、それにオニオンスープが並んでいる。

「んと……いや……やっぱり、なんでもない」

「んもう。ちゃんと答えて。男らしくないわよ」

エプロンをかけたままの義姉は、両腕を組んで不快感をあらわにした。

義姉はときに頑固になり、そのうえ臣斗の嘘《うそ》を即座に見抜く。

ごまかしてもかえって怒らせるだけなので、無駄な抵抗はせずに素直に答える。

「あんまり役に立たなかったなって思って……」

臣斗の返事を聞き、これまで皺《しわ》をよせていた義姉の眉間がゆるんだ。

表情が一瞬で温和になり、満足そうに微笑《ほほえ》む。

「わが義弟《おとうと》ながら本当にいい子ね。絶対に女の子にモテるわ」

「いきなりどうしたの。ぜんぜん関係ないじゃん」

「あら、関係あるわ。きっと素敵な人と結婚するんだろうな」

「結婚なんて考えたこともないよ」

怒っているのか、恥ずかしいのか、自身にもわからなかったが、声を荒らげていた。

たとえ言いにくいことであっても、伝えておきたいことがある。

「結婚するならお義姉ちゃんがいい」

義姉は目を大きく見開いたあと、臣斗を魅了してやまない微笑を浮かべる。

「今日は最高の日ね。プロポーズされちゃった」

最高と言いながらも、次の瞬間には目が笑っていなかった。

顔こそ微笑んでいたが、表情は強張《こわば》り、寂しい表情に見える。

「とってもうれしいけど、普通は姉弟は結婚できないの。だから、私なんかよりもっと素敵な人を見つけてね。あなたなら大丈夫だから」

「で……でも――」

義姉の言葉に抗《あらが》いかけたところで、お腹《なか》がグゥと大きくなった。

先ほどから、眼下のオムライスが食べられるのを今か今かと待っている。
鮮やかな黄色の卵がツヤツヤと輝き、バターの甘い香りが胃袋に訴える。
しかも、それを作ったのがほかならぬ義姉とあれば、おいしいのは絶対だ。
「せっかくの作りたてなんだから、温かいうちに食べよ。いただきます」
義姉はやや早口で一方的に告げ、話を打ち切った。
彼女はケチャップでオムライスの上に大きなハートマークを描く。
こうなっては逆らえず、黙って義姉からケチャップを受け取る。
義姉のまねをしてハートを描いたものの、義姉ほどうまくは描けなかった。
「やっぱりおいしいな、お義姉ちゃんのオムライス。卵、ふわふわ」
先ほどまでの会話をすっかり忘れ、極上オムライスに舌鼓を打った。
平穏な日々で、目新しい刺激に溢《あふ》れているわけではない。
それでも毎日は満たされ、幸せだった。

2

「寒い、寒い。ただいま。牛乳、買ってきたよ」

冬の寒さがいちだんと厳しいある日、珍しいことに義姉が買い忘れたので、臣斗がスーパーへ行ってきた。玄関の中に飛びこみ、外気から逃れる。

屋内の暖かい空気が頬を覆い、冷えた肌をゆっくり温める。

いつもなら返事がありそうなものだが、無言だ。

買い物袋を片手に廊下から居間をのぞくと、義姉がいた。

「やったわ、お父さん。合格したよ」

スマートフォンを持ちながら興奮ぎみに告げた。

(そうか。合格したんだ)

我がことのように誇らしげな気分で廊下を通りすぎ、台所に入る。

義姉の電話は長引きそうな予感がした。

テーブルにはカレールーの箱が置いてある。カレーならなんとかなるだろう。

結局、義姉が電話を終えたのは、いつもの夕食開始よりも遅かった。

そのころには、臣斗も夕食の準備を終えられた。

「ごめんね。お父さんとか先生とかに電話していたら、お夕飯の準備ができなくて」

結衣はテーブルの上に並んだ夕飯を見て謝った。

臣斗はカレーのスパイシーな香りを嗅ぎながら、福神漬けをたっぷり乗せる。

「お義姉ちゃんがほとんど用意していたから、しあげただけだよ。それに、今日の主役はお義姉ちゃんだもの。お風呂も用意したから」

この一年、義姉があまり遊ばず、受験勉強に専念していたのは臣斗も知っている。

その苦労が報われ、臣斗も晴ればれとした気分だった。

ましてや最難関といわれる大学ともなれば、義弟としても誇らしい。

自慢の義姉に、またひとつ自慢が増えたというものだ。

(また少し大人になった感じだよな)

義姉は合格を勝ち取ったためか、表情には自信が溢れ、輝いて見えた。

大学でどんなこと勉強するのか。将来はどんな仕事に就くのか。

話題は尽きることはなく、改めて義姉からいろいろと話を聞くうちに、またひとつ多く彼女のことを知り、より距離が縮んだような気がする。

そして親密さを覚えたぶん、よりいっそう魅了されていた。

「もう気づいているかもしれないけど、ごめんね」

テーブルの上の皿が空になるころ、結衣は唐突に謝った。

明るい話題が続いていただけに突然のことで戸惑っていると、彼女は視線を落とす。

「大学に合格したことはうれしいけど、臣くんとはお別れになっちゃう」

義姉の言わんとすることは察していた。

小学校は近所、中学校も近所、義姉の通う高校もよく知った場所にある。

だが、義姉の受かった大学は東京にある。

（知っていた。そんなこと、とっくに知っていたよ。でも……）

ずっと考えることを先延ばしにしてきた。

ここが関東地方の隣県とはいえ、毎日東京に通うのには無理がある。

必然的に義姉は家を出て、東京でひとり暮らしをせざるをえない。

（考えないようにしていたことが、現実になるなんて）

大好きな義姉と離別することは、想像するだけ胸が痛む。

今の生活から義姉がいなくなることは、水や酸素を奪われるにも等しい。

ただ横にいてほしい。ときには褒め、ときには叱り、いっしょに笑ってほしい。

「ごめんね、ちゃんと話しあっておけばよかった。まさか合格できるなんて思っていなかったから、先のことは考えていなかったし、それに怖かったの、あなたと離れることが……」

（僕にはお義姉ちゃんが必要なんだ）

そう口にするかわりに、臣斗は自らの頰を両手でたたいた。

ピシャンと乾いた音が響き、痛みがパニックしかけた意識を現実へと引き戻す。

うつむいていた結衣は顔を上げ、不安そうな表情でこちらを見ている。

義姉は難関校への入学を勝ち取り、将来へのチャンスを手に入れたのだ。

（わかっている……そんなこと、わかっているさ……でも、だからといって……）

義姉の進学と引きかえに、自分が見捨てられたかのような孤独に襲われた。

夕食中であることも忘れ、今すぐにでも眠りに落ちたい。

すべてを忘れ、すべてから逃げ、ずっと幸せな夢を見つづけたい。

しかし、そんなことはできるわけがない。

（お義姉ちゃんが誇りに思ってくれるような義弟じゃないといけない）

臣斗は大きく息を吸って、ゆっくり吐いた。袖で目もとをグイと拭う。

残りのカレーライスを一気に口に流し入れ、ほとんどかまずに呑《の》みこむ。

「ごちそうさま。お義姉ちゃんは東京に行くのか。羨ましいな、おもしろそうな場所がたくさんあって。今日は先に僕がお風呂に入るね」

空いた食器を台所に運び、水に浸《つ》けた。

廊下に出て風呂へと向かう最中、我慢が限界に達する。

奥歯をどれだけ強く嚙《か》もうとも、視界が滲《にじ》むのを抑えられなかった。

「ううっ」

低い嗚咽《おえつ》を漏らし、夢遊病者のようにフラフラと廊下を進んだ。


半分無意識に服を脱ぎ、風呂場に入ると、恥ずかしながら大声で泣いた。

泣きやんでから、かけ湯して湯船に浸かった。

背中を預け、ゆったりとしているうちに、冷えた身体が温まる。

身体が温まると気持ちまで温まるのか、落ちこんでいた感情が少しは上向きになり、どうにか平静を取り戻した。

(久々に大泣きしたな。これじゃあ、昔と変わらないよ)

もう記憶も曖昧だが、たぶん幼稚園のころ、ちょっとしたことですぐ泣いた。

だが、いつの間にか泣くこともなくなった。

自分を受け入れてくれる人が存在することに、どれだけ救われただろう。

これ以上、義姉の足枷《あしかせ》になってはならない。

(お義姉ちゃんが上京するのは考えるまでもない)

せっかく有名校へ進学できるのだから、義姉は上京すべきだ。

むしろ、上京しない理由を見つけることのほうが難しい。

(あとで謝らなくちゃ。話が中途半端で終わっちゃったもんな。それに考えてみろよ。家族が東京で暮らしていれば、僕も東京に行きやすくなるってことじゃん。お義姉ちゃんの家に泊めてもらえば、遊園地とかにも行きやすくなるってことだからね)

別れの事実はひとまず置いておき、都合のよいことをポジティブに想像しながら、湯船の湯で軽く顔を洗った。

身体を洗おうかと思ったところで、入口から声がする。

「さっきはいきなりごめんね」

風呂場の折戸には曇りガラスに似たアクリル板がはめられ、その向こうに人影がぼんやり滲んだ。今、この家にはふたりしかいないし、声を聞き違えるわけがない。

「僕も子供っぽい態度で悪かったと思う。お風呂から出たら、続きを聞かせてよ」

「その件はまた明日にしようか」

「明日じゃなくて、別に今夜だって——うわっ」

唐突に折戸が開いたので、声に出して驚いた。驚いた理由はそれだけではない。

義姉がタオル一枚でそこに立っていたからだ。

胸もとに白いタオルを当て、身体の前面を覆っている。
(それじゃあ、ぜんぜん隠せてないよ！)
乳首は隠せても、タオルの向こうで乳房が豊かに実っているのは隠しきれない。
股間は隠せても、タオルの横から出た腰骨までは隠しきれない。
秘部への視線を遮っていても、隠せるのはほんの一部だけだ。
タオルからはみ出たわずかな肌からは、女体の色香が立ちのぼっている。
(女神さまみたいだ……)
魅了の呪文でもかけられてしまったかのように、ただただ見蕩《みと》れた。
返事ができずにいると、沈黙を肯定と捉えたのか、義姉が足を踏み入れた。
タオルを脱衣所に放り投げ、背後の折戸を手早く閉じた。
「脱衣所はすきま風でも入ってくるのかしら。寒いよね」
臣斗の返事を待つわけでもなく、冷たい空気から逃れるように急いでしゃがんだ。
風呂桶《おけ》で湯をかけるザーッという音を聞き、臣斗はしゃべる程度の余裕が戻る。
「お風呂にまで来て、いったいどうしたの」
「どうもしないわよ。それよりもうちょっと詰めて。入れないいじゃない」
結衣は湯船の縁をつかみ、片足を上げて跨《また》いだ。

つま先を下に向け、静かに湯に入る。水面がわずかに揺れた。

「いや、おね、おね……ヤバいって」

津波でも避けるかのように、臣斗は湯船の対面へと退いてしまう。

義姉が完全な裸体をさらしたのだ。特に、前屈《まえかが》みになったときの乳房のたわみや、無防備な股間に目が引きよせられたが、見ていることを認識するころには、義姉はもう湯船に身体を沈めていた。

一気に水面が上がり、バスタブの縁から豪快に湯がこぼれる。

「あらあら。もったいないわね」

暢気《のんき》に言う義姉に少し腹が立つ。

「お義姉ちゃんが入ってきたせいじゃないか」

「たまにはいいじゃない、家族水入らずってやつよ」

「もう出て！」

「身体を濡らして戻るのなんていやよ。風邪引いちゃうわ」

臣斗の正面で背中をバスタブに預け、義姉は「ふぅ」とひと息ついた。

水面は湯船の縁ギリギリで留《とど》まり、そして臣斗の緊張もギリギリで留まる。

(どうしてお義姉ちゃんがお風呂に来たんだ。こんなこと今までなかったのに)

義姉は湯をゆっくりかきよせ、首まわりを温めている。なだらかな曲線を描く肩や鎖骨の窪《くぼ》み、そして胸もとに湯がかかる。ホットミルクにも似た白い肌が濡れて煌《きら》めく。

いくら透明でも水面の下までは見えないが、微妙に見えそうで目を離せない。

「首には太い血管が通っているの。だから、このあたりをしっかり温めておけば、寝るときもポカポカよ。やっぱりお風呂はいいわね」

目を少し細め、うっとりした表情で微笑んだ。額や頬にはかすかに汗が浮き、ミルク肌はほのかに朱が混ざって淡い桜色に染まる。

（……あ。見蕩れている場合じゃなかった）

今大事なことは、この危機をどう乗り越えるかだ。

とはいえ、肝腎なことを知らない。つまり、義姉はなぜ風呂に入ってきたかだ。

たぶん、夕食のときの自分の態度に問題があったのだろう。

かといって、ストレートには尋ねにくい。

真正面は見られないので、揺れる水面をぼんやり眺め、必死に考える。

義姉はプッと小さく吹き出し、口もとに手の甲を当てて小さく笑う。

「そんなにお湯を見たって、私の裸は見えないわよ。エッチなんだから」

「別にお義姉ちゃんを見ていたわけじゃない。濡《ぬ》れ衣《ぎぬ》だよ」

考えるのに忙しくてじっくり見る余裕はなかったし、そもそも屈折でまともに見えるわけがない。わかってはいたものの、揺らめく水面の向こうが気になって仕方なかったので、義姉の言うことはあながち間違いではない。

「もうお年頃なのね。気になるのは仕方ないか。そろそろ洗おうか」

ザバッと豪快な音とともに、義姉がおもむろに立ちあがった。

滝を眺めているかのように、目の前を大量の湯が流れ落ちる。

水流が落ちつくと、ほんのり桜色の混ざった乳白色の裸体に視界は覆われる。

義姉の肉体は、乳房のまるみや腰のなだらかな括《くび》れなど美しい曲線で描かれていた。

そのまま横を向いて湯船を跨ぐと、たっぷりと実ったヒップまであらわになる。

次の瞬間、最大のピンチが訪れる。

「ほら、さっさと出て」

結衣は洗い場から臣斗の腕を引いた。

義姉の裸体に見蕩れていたために抵抗することも忘れ、立たされる。

「あ……それ……」

快活な義姉さえも言葉を濁し、視線は下を向いて固まった。

臣斗も釣られて下を向く。

ふだんは股間からぶら下がるだけのオチ×チンが、仰角にそそり立っていた。

水面から頭を出した首長竜のように、細長いものからボタボタと水滴を垂らす。

「ヤバい！」

反射的に腰を落とし、湯船に戻ろうとした。

それよりも先に義姉に手を引っぱられ、湯船から出させられる。

その間、股間のものは多少揺れただけで、義姉をずっと見あげたままだ。

一方、義姉の視線もずっと下を向き、男性器を見つめている。

「以前はこんなことなかったのにね」

「いや……その……だって……しょうがないじゃない。こうなっちゃったんだもの」

女性の裸とか水着姿を見ると、フニャフニャの男性器が硬くなるのは知っていた。

臣斗だって健全な男子で、そういった関心もある。

しかし、よりによってこの世でいちばん好きな義姉に対して見せるべきものではないということは、直感的に理解できた。それにとても恥ずかしい。

義姉は顔をよせ、親指と人さし指とで長さを測る。

「五センチ、いや七センチくらいかしら。けっこう大きいのね」

「や、やめてよぉ……」

義姉の親指が根もとに、人さし指は先端にあてがわれた。

白い指先が男性器に触れるほどにまで迫ると、勃起は叫ぶようにビキビキと軋《きし》む。

間違いなく恥ずかしいのに、なぜかうれしく、そしてどこかもの足りない。

「ホントにもう許して」

「ゴメンね。まさかこんなふうになるなんて思ってなかったから。でも、素敵よ。とっても元気で、しかもあなたと同じく素直そうだもの」

乳白色の指先が棹《さお》の脇をチョンと突いた。

その瞬間、むず痒《がゆ》いものが背すじを走り、あうっと声を漏らしてしまう。

ブルルルッとわななき、一瞬で腰から崩れそうになる。

身体の中でなにかがグッと高まり、出口を求めて暴れた。

臣斗は狂おしい気分だったが、義姉は平静な態度でいる。

「身体を洗おうか。座ってちょうだい」

呼吸は荒くなり、夢心地といった気分で、言われるがままに風呂椅子に腰を落とす。

相変わらず股間のものは上向きで、触られた名残か、ドクンドクンと疼《うず》く。

(なんだったんだ、今の……)

自分の身体の一部だけあって、とうぜん触ったことはある。少し変な気分になるのは知っていたが、義姉に触れられるほどの心地よさはなかった。

おそらく義姉の指だったからこその出来事だったのだ。

「背中からはじめるわよ」

臣斗が呆《ほう》けている間に、義姉はナイロンタオルを片手に、臣斗の背後にまわった。

ほんのわずかな間、義姉は前を隠しもせず、移動する。

乳白色のふとももが、ちょうど目の高さで横切った。

純白の下腹部に、清流の岩肌にできた苔《こけ》のように黒い毛がうっすらと生えている。

短い縮れ毛が湯に濡れ、ピッタリと張りついていた。

その光景に衝撃を受け、フリーズしてしまう。

(あんなところにも毛が生えているんだ……)

成人に向かうにつれ、女性も男性も性器のまわりに毛が生えるのは知っていた。

臣斗自身はまだその予兆はなかったものの、義姉がいっそう大人に思える。

「痛かったら言ってね」

義姉はバスソープで泡を作ってから、臣斗の背中を擦《こす》り出した。

背中からシャリシャリとリズミカルな擦過音が奏でられる。ナイロンタオルの繊維は硬くとも義姉の手つきはやさしく、脇や腰まで軽快に磨いてくれた。

「背中も大きくなったわ」

「そんなことないよ。変わらないよ」

「前はもっと小さくて華奢《きゃしゃ》だったのよ」

「それ、僕のことをばかにしてないかな」

「していないわよ。成長はうれしいけど、ちょっと寂しいわ」

義姉が風呂桶で湯をすくい、ザッと背中を流した。

擦ったあとがわずかに熱く感じ、それが意外と心地よい。

「今度は前ね」

その言葉を理解するより先に、義姉は臣斗の前に現れ、腰を落とした。

両膝をつき、少し前のめりになる。

胸もとの肉塊は空気の詰まった風船のように、臣斗の膝の上で浮遊していた。

ふたつの乳房が女性特有の美麗な曲線を描き、谷間に深い影を作る。

暗い影の奥から手招きされる気がしたが、どうにか顔を逸《そ》らす。

「ちょっとマズいって」

さすがに臣斗も抵抗をあらわにしたが、義姉はどこ吹く風といった雰囲気だ。

「どうしたの。数えきれないほどいっしょにお風呂入ったじゃない」

「でもそれって、もう五年以上前の――ひゃっ」

結衣は臣斗の返事を待たずにナイロンタオルで首すじを擦り出す。

ナイロンは硬かったが、背中を洗ったときよりも力を抜いて、肌をなめらかに滑る。

「つべこべ言っていたら風邪引いちゃうわ。はい、今度は腕ね」

義姉は臣斗の左腕を持ちあげたので、臣斗も腕を上げて協力した。抵抗したところで義姉には勝てない。ただ、幼児みたいに扱われ、裸を見られることは恥ずかしい。

「そうそう。素直な臣くんがいいわ。それじゃあ、反対ね」

引きつづき義姉が洗ってくれた。

上半身の肩や腕を洗いおえ、義姉の手は腹部へと向かう。

「だいぶ筋肉がついてきたね。昔はガリガリで心配したのよ」

「そんなことないって。前も今もたいして変わらないよ」

なるべく平静に返事をしたが、内心は緊張のピークだった。

結衣は臣斗の腹部を洗っているため、やや前屈みになっている。

そのため、義姉の乳房が無防備に下を向いていた。

義姉が腕を動かすたびに、自重でほんの少し形を歪《ゆが》めた肉塊が、ミルクプリンのごとくプルンプルルンと蠱惑《こわく》的に揺れる。

しかも、ほんのわずかに突き出た先端が桜色に色づき、存在を訴える。

（マズい……本当におかしくなっちゃう）

目を離していても、視界の隅で揺れていると、いつの間にか視線が吸いよせられた。

女性の象徴的な部位、ましてや大好きな義姉のものならば、抵抗は困難を極める。

「足を洗うから立っててちょうだい」

言われるがまま、夢遊病者のようにフラフラと立ちあがった。

義姉はほぼ正面を見たまま、二重まぶたのぱっちりした目を大きく見開く。

ぼんやり義姉の視線を追うと、ちょうど自分の下腹部を見ている気がした。

（なにを見ているんだろう……まさか……）

臣斗自身も下を向くと、男性器が相変わらず棒状に硬化し、天を見あげるように鋭角にそそり立ったままだった。

夢心地から一瞬で目が覚め、慌てて両手で股間を覆う。

（僕のオチ×チン、いったいどうしたんだ）

臣斗が動いたことで、義姉もパチクリと瞼《まぶた》を閉じたのち、顔を背けてバスソープをナイロンタオルにまぶして泡だてる。

なにか言うかと思いきや、義姉の頬が少し赤いように見えた。

照れたような、恥ずかしがるような表情が珍しい。

そして困ったことにそんな表情の義姉を見ていると、手の下で勃起が強く疼く。

「擦るわよ。痛かったら言ってね」

臣斗が両手で股間を隠すなか、義姉はなにごともなかったかのように腿《もも》を洗う。

先ほどより乳房との距離が離れ、破壊力は減った。

しかし、臣斗が見下ろすようになったため、乳房の立体的なふくらみや背骨から腰
そしてヒップに続く流麗なカーブの連なりが目に入る。

そして、義姉の裸体を見ていると、肉棒がせつなさに暴れ、いっそう硬くなった。

(これは僕がスケベだからじゃない。全裸のお義姉ちゃんが悪いんだ)

「なにか言った」

「いや、ひとこともしゃべってない」

「あらそう。なにか言った気がしたのにな」

義姉の勘は鋭く、イタズラをごまかすのに幾度失敗したかはわからない。

今回は声に出していないので、よけいなことにならずに済んだ。

「じゃあ、次は足の指ね」

「そんなところ、自分で洗うから大丈夫だよ」

「どうせ洗わないんでしょ。きれいにするから、倒れないように肩に手を乗せて」

結衣は頭を少し下げ、臣斗の足首を握って持ちあげようとする。

釣られて足を上げたものの、片足立ちはバランスが悪く、反射的に義姉の肩に手を乗せた。すると安定はしたが、今度は義姉の後頭部と勃起が急接近する。

(なんでだろう。アソコがキリキリする)

もし義姉が顔を上げたら、超至近距離でオチ×チンを見られてしまう。

そんなことになろうものなら、人生終わりだ。

一方、義姉は足の指股にまで指を入れ、クチュクチュと丁寧に磨く。

乳白色の指は白い泡にまみれ、指股を押しひろげて、ヌルッと滑る。

かと思えば、足の裏をナイロンタオルで擦った。

硬いのに足裏だとくすぐったく感じ、腰をモジモジと揺らしてしまう。

「ほら、じっとして。転んだら危ないでしょ」

「いや……だって……無理だって……ひゃぅ」

答えている間にも、結衣は足の裏を洗いつづけた。

決してくすぐられているわけではなく、むしろ丁寧に洗ってくれている。

にもかかわらず、ムズムズした感覚が続き、義姉の両肩に手を乗せて耐えた。

「ちょ、ちょっと……うぐっ」

「はい、こっちは終わり。今度は反対ね」

贅沢きわまりない拷問を受け、奥歯を強く噛んで堪《こら》える。

幸いにも限界が来る前に、義姉は石鹸《せっけん》を洗い流す。

（ふぅ。助かった……）

転倒することもなく、無事に危機を乗り越えたことに安堵した。

だが、本当の危機はこれから始まる。

「じゃあ、今度はうしろを向いて」

義姉はバスマットに膝をついたまま、臣斗にまわれ右をさせた。

臣斗の正面は壁で、タオルかけがある。

（背中も足も洗ってくれたのに、まだ洗う場所、残ってたかな……あっ）

臣斗が気づくと同時に、結衣は尻肉に両手をかぶせた。

手のひらで尻の上に石鹸を伸ばし、ときに鷲《わし》づかみにするよう強く揉《も》む。

「恥ずかしいよぉ」

「私は気にしないから大丈夫よ」

「お義姉ちゃんは気にしないかもしれないけど、僕が気にするんだ」

尻を揉まれるうちにだんだんと息が荒くなり、額を汗が流れた。

臣斗の臀部《でんぶ》にじかに触れる義姉は、声を聞く限りいたって平静のようだ。

「お尻の力を抜いて。洗いにくいわ」

「そんなこと、言ったってえ」

恥ずかしいものは恥ずかしく、しかも背後を取られて防戦一方だ。

義姉の手は、内股や腿と臀部の付根まで隅々にまで伸びる。

「お肌ツルツルね。羨ましいわ」

「別にそんなの褒められてもうれしくないったら」

「あら、贅沢者。歳《とし》を取るとそんなことも言ってられないわよ」

「お義姉ちゃんと僕は六つしか違わないよ」

「その六つの差が大きいのよ。その差を思い知らせてあげないと」

「ひゃっ」

新たな刺激に思わず叫んでしまう。義姉の指先が尻の谷間に触れる。

「そんなところ触ったら……あぅ……汚いのにぃ」

「自分で認めたな。さては、いつも洗ってないんでしょ」

「そんなことない。ちゃんと自分でやっているって」

「嘘っぽいわね。この際、ちゃんと洗ってあげないとダメね」

いっさいの遠慮なく、義姉は谷間の奥へと指を潜りこませた。

指先がひときわ深いところにある窪みで止まる。

こともあろうに、指先はその窪みをやさしく撫でた。

「おぅ……おね……や、やめ……あぅっ」

義姉の細い指先が肛門でクチュクチュと小さな音を奏でると、抵抗の声が震えた。

そのたびにむず痒いものがひろがり、腰が甘く痺《しび》れる。

（どうしてお義姉ちゃんにお尻の穴を触られると、こんな気持ちになるんだ……）

ただの排泄《はいせつ》器官と思っていた場所を義姉に触られ、くすぐったさを何倍にも強めたような、それでいて実際にくすぐったいわけではない妖しい気分になった。

（恥ずかしいのに、もっと触られたい）

不思議な刺激に翻弄され、自分でも整理できない欲求がうずまいた。

義姉の指は幾度も肛門を撫でてから、ゆっくり離れる。

「これだけ洗っておけば、大丈夫でしょ。はい、前を向いて」

臣斗の腰に手を添え、百八十度向きを変えさせられた。

座っている義姉と立っている臣斗が、正面に向かいあう。

それはつまり、股間を義姉にさらすことにほかならない。

(いやいやいや……これ本当にヤバい)

直感的に股間を覆おうとしたが、それより先に臣斗の手首をつかまれる。

真っ白い男性器がプルンと弾み、水滴をこぼす。

数度上下に揺れたのち、義姉の顔面に向かって突き出すようにして止まった。

焦点の合わないようなうっとりした目で、義姉が見つめ返す。

「さっきからずっと大きいままね」

「そんなこと言われたって、僕だってよくわかんないよ」

わからないことだらけだが、とても恥ずかしいのは間違いない。

それなのに、義姉の視線が刺さり、そして吐息が伝わるほどの距離にまで迫られて、肉棒はビキビキと音を立てんばかりに硬化し、むしろ誇らげに反り返る。

(いったい、どうなっているんだ)

臣斗は混乱の最中にあった。

義姉が風呂に入ってきてから、オチ×チンがずっと硬いままだ。

しかも義姉はそれを見てもいやがらず、表面的にはいつもどおりだ。

「私のこと、ちゃんと女性だと思ってくれているのね」

「お義姉ちゃんがお義兄《にい》ちゃんだったら大変だよ」

「そういう意味ではないけど、まだわからないか」

義姉のつぶやきに首をかしげると、彼女は目尻を下げる。

「それより早くしないと風邪を引いちゃうわ」

結衣に男性器を握られ、あうっと声を漏らした。

さっき肛門を洗われたとき以上の刺激が走り、首すじがブルブル震える。

なぜか金玉がギュンギュンと引き攣《つ》った。

義姉は舌先で上唇をゆっくり舐《な》める。

「ホワイトアスパラみたいでおいしそう。でも、アスパラより硬くて、とても折れそうにないわ」

洗うという手つきではなく、ニギニギと強弱をつけて触ったり、すべての角度から眺められ、じっくり観察されている感じだ。

結衣に触られるとムズムズして気持ちよかったが、羞恥が限界を迎える。

「僕の身体で遊ばないでよぉ」

「ごめんなさい。でも、もう少しだけ我慢して」

いつもと変わらぬやさしい声、そしてやわらかな手つきだった。

しかしその行為はまったくはじめてで、義姉が壊れてしまったかと思うほど卑猥《ひわい》だ。

石鹼まみれの手が勃起を軽く握り、前後にスライドする。

小さな音とともに、肉茎が細かな泡にまみれる。

(お義姉ちゃんにオチ×チンを洗われると、こんなにも気持ちいいんだ)

指の連なりに棹を押し揉まれ、不思議な快さが湧いた。

叫びたいほど荒々しく、同時に膝から崩れるような感覚に襲われる。

先端から透明な汁が滲み、水飴《みずあめ》のようにとろりと糸を引いて流れ落ちる。

「ごめんなさい。汚いものを出しちゃって」

臣斗が謝ると、結衣は首を横にふって返す。

「自然な反応だから大丈夫よ。うれしいわ」

義姉の手が前後に動くたびに、極上の愉悦が生み出された。

特に、屹立《きつりつ》の先端あたりの出っ張りを指で押されると、今まで味わったことのない肉体的な快感に身体が痺れてしまう。

クチュ、クチュッ、グチュッ……。

義姉の手はゆっくりとピストンをくり返し、風呂場に湿った音がこもった。

わずか十センチにも満たない器官を義姉の指が何度も往復すると、全身のコントロールを奪われてしまったかのように呆けてしまう。

気持ちよいあまりに、ときどき「あっ」と声を漏らした。

義姉はオチ×チンをやさしくさすりながら、上目遣いで尋ねる。

「いつも中まで洗っている？」

「中ってどういうこと」

「知らないのね。それなら教えてあげないと」

そう言って、先端の薄皮が集まった部分に石鹸をよくまぶした。

薄皮が細かい泡にまみれると、ムズムズが強まり、腰を揺らしてしまう。

「ちょ……ちょっと待って……な、なにこれ……うぐっ」

くすぐられるのに似た刺激だったが、まったく笑いそうにならず、それどころか、身体が蕩《とろ》けてしまいそうだ。

義姉は根もとを押さえながら、白い男性器の先っぽを洗う。

「気持ちいいのね。感じてくれてよかった」

独りごとのように漏らした言葉を聞き逃さなかった。

その短いフレーズが天啓のように自分の感情を表現している。

（そうか。僕は今、お義姉ちゃんの指を感じているんだ。お義姉ちゃんの指はこんなにも気持ちいいものなんだ！）

秘部に触れながら、義姉は目をこちらに向ける。

「剝くからちょっと我慢してね」

肉棒の真ん中を強めに握り、ゆっくり根もとへ押した。

先端でたわんでいた薄皮が外側にひろがり、その中から桜色の秘肉が顔を出す。

まるい先端には小さな切れ目があり、細かい石鹼の泡にまみれている。

自分の身体の一部でありながら、はじめて見ることもあって緊張が高まる。

「剝くってどういうこ――うぐっ」

今さっきまで感じていた部分が針で刺されたかのように痛み、歯を食いしばる。

（どうしてこんなに！）

驚くべきことに、オチ×チンの先が変形していた。

義姉が表皮を下ろしたため、亀が首を伸ばしたかのように中のものが露出する。

しかも、亀は亀でも、怒って顔を真っ赤にした亀だ。

赤い肌の上に、小麦粉でも押し当てたかのような白い汚れがへばりついている。

臣斗は少し不安だったが、義姉はまた別の心配を抱いたようだ。

「ひょっとして痛かったかな。まだ我慢できる？」

首を横にふりそうになった。正直言えば、今すぐやめてほしい。

剝けた首まわりを輪ゴムで締めつけられたかのような違和感がある。

しかし、別の感情が勝る。好奇心、そして肉体的な刺激には抗いがたかった。

「ちょ、ちょっとだけチクッてした」

「声が震えているじゃない。痛いの痛いの飛んでいけぇ」

「からかわないでよ。そこまで痛くはないから。でも、強くしないで……」

義姉に甘えてはならない。迷惑をかけてはならない。

そう考えていたが、とうぜん本音を言えば思いきり甘えたい。

（なんだか、ドキドキする）

秘部を見せ、触られることに興奮していた。

実際、肉棒も誇らしげに反り返り、もっと触ってくれと訴えている。薄皮を剝いて
ズキズキ疼くなかに、それだけではないなにかがあるのに気づいていた。

浴室にはバスソープの香りが満ちているにもかかわらず、剝き出しになった部分からは酸っぱい臭《にお》いが漂い、石鹼の芳香を上書きする。

（かなり恥ずかしい……でも、もっと触ってほしい）

結衣もその臭いが気になるのか、鼻を赤剝けた先端によせ、スンスンと嗅ぐ。

亀頭の周囲の空気が揺れただけで、奥歯がガクガク震える。

（えっ……なに、今の……すごくスースーした。それに背骨が蕩けそうだった……）

目の前で見ていた義姉は、臣斗の心情を察したようだ。

「とっても敏感なところなのね。敏感すぎて痛いかもしれないけど、汚れやすい場所だから、毎日は無理でもちゃんと洗うのよ。こうやってやさしくね」

義姉は、先端のまるみを濡れた指先でそっと撫でた。

赤い亀頭にこびりついている白いカスを軽くこそぐ。

「やっぱり汚れているみたいね」

視界を涙で滲ませながら、奥歯をきつく嚙んでガクンガクンとうなずき返す。

過敏ゆえに少し痛み、汚れを暴かれて恥ずかしい。しかも、義姉に性器を触られることが、こんなにも快いとは思いもしなかった。

さまざまな種類の強い感情が胸のうちに湧き、臣斗自身も混乱ぎみで、義姉の誘導に従う以外の選択肢を見いだせずにいる。

結衣は両手に石鹼をまぶし、剝き出しの先端を洗いはじめた。

いい子いい子と頭を撫でるようにやさしく撫でたかと思えば、張り出した鰓《えら》の溝まで丁寧に指を這《は》わせる。ツツッと溝を擦ると、白いカスがボロボロ浮き出た。

「きれいになってきたかしら。もうちょっとよ」

臣斗は叫びたいのを必死に堪えていた。

義姉は明らかに力を抜いていて、ソフトタッチで撫でてくれた。

にもかかわらず、神経をじかに刺激されたかのような強い愉悦が四肢にひろがる。

一瞬で意識が飛びそうになり、奥歯を嚙み、足の指に力を入れて耐えた。

(触られるとすごく気持ちいい……でも、怖い)

甘い刺激が腹の奥底に少しずつ蓄積され、それが出口を求めて暴れ出す。

「あ、あぅ……頭がおかしくなりそうだ……うぐっ……」

先端は壊れた蛇口のように透明の体液がとめどなく溢れ、陰嚢《いんのう》の奥のムズムズした感覚が強まった。決壊寸前のダムのように我慢の限界が迫っている。

(ヤバい、絶対ヤバい!)

悪い予感を覚えたものの、余裕はなかった。

義姉の手で先端近くの出っ張りを押し揉まれた瞬間、快い痺れがピークを迎え、荒々しい奔流となって肉棒を伝う。

「お、お義姉ちゃ——うああっ」

落雷に打たれたかのような圧倒的な爽快感に全身を貫かれた。
衝撃のあまりに声を抑えられず、それどころか腰が砕けてしまったかのようだ。
反射的に義姉の肩をつかんで倒れるのを防いだ。
身体が脈打ち、おしっこを出すところから白い粘液が威勢よく噴き出す。
白い粘液といっしょに魂が抜け出てしまうのではないかと思うほどの甘美を味わう。
腰が砕けてしまいそうになりながらも、うっとりとしてしていた。
自分の出したものが義姉の胸もとに降り注いでいるのに気づく。
「ごめんなさい。お義姉ちゃんのことを……汚して……ううっ」
「気にしないで。それより全部出しきるから、しっかりつかまっていて」
義姉の指に先端を撫でられ、肉棒が壊れたかのように力強く跳ねた。
そのたびに、白い体液が糸を引きながら宙を舞い、義姉の身体に付着した。
義姉の顎まで汚してしまい、ほくろの脇を粘液がトロリと流れる。
意識を奪われるほどの衝撃を受けたが、永遠に続くわけではないようだ。
屹立の脈動する間隔が徐々にひろがり、爽快感が薄れる。
義姉の指は筒を作るように巻きつく。
「あと少し我慢してね」

根もとから先端に向かってゆっくりしごくと、先ほどのように勢いよく飛ぶことはなく、白く濁ったものがボトボトと落ちた。

「うっ、うぐぐっ」

ペニスの痺れを堪えながら呼吸をくり返すうちに、徐々に理性を取り戻す。

生ぐさい臭いが漂っていたが、義姉が風呂の床をザッと湯で流すと薄れた。

「お義姉ちゃん、い、今の……」

「いずれわかるわ。はい、おつかれさま」

義姉は指先を少し先端に動かし、剝いた薄皮をもとに戻した。

(すごく気持ちよかった。なんだったんだろう)

快感のピークを越えたものの、まだ夢心地を漂っているような気分が続く。

この先は義姉の言われるままに従うこと以外できなかった。

3

(臣くんも大きくなったのね)

自室で髪を梳かしながら、結衣は昔を懐かしむ。

小学生のとき、父が再婚した。そのときの臣斗は幼稚園児だった。

初顔合わせは再婚の一年前で、父も母も結婚を意識し、娘と息子を会わせたのだろう。ショッピングモールの映画館でアニメ映画を観《み》た。

結衣はひとりっ子だったので、ずっと弟か妹が欲しかった。

だから、父の再婚で義弟になると知ったときは心底うれしかった。

ただ当時の臣斗は身体も小さく、どちらかと言えば病弱だった。

そのときの彼を知っているだけに、今の元気な姿を見ればそれだけで十分幸せだ。

(これじゃあ、まるで母親じゃない)

そう自嘲《じちょう》したものの、結衣は臣斗の母親の役割を自ら課していた。

父が再婚した翌年、交通事故で新しい母を亡くした。

結衣ですらショックだったのだから、実子である臣斗の心情は考えるまでもない。

そのときに義弟を立派に育てると決意した。

もともと父子家庭で家事をやっていたのに加え、小さな義弟をフォローするのは骨が折れることだった。家庭に時間を割いたぶん、同級生とはやや疎遠になりがちだったのは残念だったものの、家族を守ることには及ばない。

だが、そんな生活も、いつまでも続かなかった。

大学入試で志望校に合格したのだ。

模擬試験の判定もずっとよくなく、合格できないと半ば諦めていた。

上京せずに家族と暮らすという選択肢がないわけではないものの、結衣がいつまでもこの家にいるわけにはいかない。しかも、憧れの大学とあらば絶好の好機だ。

今までの生活は限界を迎え、大きな岐路が迫っていた。

(合格するなんて思ってなかったから、ちゃんと話していなかったもの。ごめんね)

結衣が家を出ることを伝えたところ、明らかにショックを受けていた。

そして彼を慰めるべく、サプライズで風呂に突入し、和解しようとした。

ところが、そこで男性的な反応を示した。言い方を変えれば、結衣に発情した。

(臣くんのオチ×チン、ずいぶん大きくなったのね)

彼が幼いころはいっしょに風呂に入ったので、まさか勃起するとは思わなかった。

ましてや、勃起した男性器を見るのは、はじめてだった。

義弟らしからぬ逞《たくま》しい姿に普通ではいられなかった。おそらく結衣も発情してしまい、義弟に悪戯《いたずら》をしてしまった。

その日はいったん本来の目的を保留した。

翌日に改めて上京の件を話し、加えてこの家に残る臣斗に家事を教えはじめた。

もともと手伝いをしてくれていたこともあって、さほど難なく覚えてくれた。

(もうお別れね。幸せだったわ)

明日の朝に父が帰り、午後からは業者も来て、いよいよ引越となる。

義弟とすごす最後の夜、なにをするべきなのか。

迷いながらも髪を梳かしおえ、結衣は立ちあがった。


義姉が上京する前日、臣斗は炊事、洗濯、買い物と目いっぱいに働いた。

もちろん結衣がいるうちにひとりでやり、不明点を確認するという意味もあったが、たくさん働いて少しでも疲れたかったからだ。

疲れたなら自然と早く眠りに落ちるので、よけいなことを考えずに済む。

風呂に入って温まってから、義姉にお休みを告げてベッドに寝転んだ。

眠りに落ちる条件はそろっていたものの、明日に迫った別れが頭から離れなかった。

(ちくしょう、泣かないって決めたのに)

実の母を失い、天涯孤独となった自分を救ってくれた大切な義姉だ。

ベッドに入った瞬間から孤独に襲われ、涙が止まらなかった。

泣かないと決めながらも、泣いた自分に嫌気がさす。

（明日こそは笑顔で見送ろう。絶対に泣いたらダメだ）

密《ひそ》かに決意したとき、扉が小さくノックされた。


「まだ起きている？」

「……う、うん。どうしたの」

「入るわよ」

勝手知ったる部屋とはいえ、いちおう断ってからゆっくり扉を開けた。

義弟は部屋が暗いのが嫌いらしく、グローランプだけ灯《とも》っている。

持参した枕を義弟の枕の横に置き、布団の脇から足を潜らせる。

「もうちょっと奥に行ってよ」

「え……な、なんで……」

ベッドの主は混乱しているようだが、結衣は彼を押しこみ、布団に入った。

もともと臣斗が寝ていた場所なのか、足の指先が温もりを感じる。

「はあ……温かい」

「なにしに来たの。明日は朝早くから引越だよ」

顔を横に倒し、義弟を見つめる。

薄明かりのなか、見慣れた顔がおぼろげに浮かぶ。

「だから来たんじゃない。大切なとき、いつも寝坊するでしょ。すぐに起こしてあげられるように、いっしょに寝てあげているのよ」

「あ……う、うん……」

腑《ふ》には落ちていないようだが、表面的には臣斗も納得した。

義弟はおそらく気づいているだろう、結衣が最後の夜を惜しみに来たことを。

「それにしても、もう中学生になるのか。早いものね」

「それを言うならお義姉ちゃんなんてババ——痛ッ。たたくことないじゃん」

「よけいなこと言おうとするからよ。春からピチピチの女子大生になるのよ」

やや怒りぎみに返したが、内心安堵した。

(よかった。もし悲しそうにしていたら、私も我慢できなかった)

臣斗は涙目でこちらを見返す。

「マジ痛かった。これだからムチムチの女子大せ——痛ッ」

ふたたび頭部を握り拳で軽くこづいた。

「まさか私の体重、知っているわけじゃないよね」

「そんなの知らない。でも、お義姉ちゃんが太ったのは一目瞭然だよ」

義弟のひとことを聞き、またしても彼の頭をこづいて返す。

昨年はずっと受験勉強が中心で、少し太ったのは間違いない。

そうした変化にちゃんと気づいていたことが、どういうわけかうれしかった。

とはいえ、乙女にはデリケートな話題だけあって、素直には喜べない。

「女子に体重の話は超失礼なのよ」

怒ったフリを続け、臣斗に背を向けて布団を端から巻いた。

「うわっ。お布団、取らないでよ」

臣斗も背中を向け、布団を巻き返した。もちろんふたりとも全力でやっているわけではない。かけ布団の両端が内側に巻かれ、必然的に幅が狭まる。

ふたりの身体が徐々に近より、やがて背中が触れあう。

背中あわせの押しくらまんじゅうだ。

「背中、温かいね」

「……お、お義姉ちゃんだって、あ、温かいよ」

義弟の緊張ぎみな言葉で布団争奪戦は一時休戦となった。

一枚の布団に背中あわせで密着する。

ちょっとした運動になったのか、自身の身体もほのかに火照った。

「もう春なのに寒いよね。早く暖かくならないかしら」

「桜が満開のころにはきっと暖かくなっているよ。桜か……それにしても、お義姉ちゃんの入学式、行きたかったな」

「なに言っているのよ。行きたいのは入学式じゃなくて、東京でしょ」

「バレたか。えへへ」

「バレバレよ。それに、臣くんも入学式じゃない。むしろ、あなたの入学式に出られないのが悔しいわ。詰襟姿、素敵なんだろうな」

「さっきさんざん着せたじゃない。いっしょだよ」

「さっきのはただの試着だもの。本番を見たらきっと泣いちゃうわ。お父さんに動画撮っておいてもらわなきゃ」

「写真で十分だよ。それにしても、お義父さん、大変だよね」

「そうね。うふふ。カメラマンも大変ね」

入学式が同日のため、父親はまず臣斗の入学式に出席し、途中で抜け出して東京に向かい、今度は結衣の式に出席する。それが終われば、出張先に移動する。滞在よりも移動時間が長い一日となり、入学式を迎えるふたりよりも疲れそうだ。

背中あわせを解《ほど》き、百八十度向きを変える。

「こっち向いて」

もぞもぞと蠢《うごめ》き、義弟は身体の向きを逆にした。

視界のほとんどは、彼のやわらかな眼差《まなざ》しに占められる。

「本当に大きくなったわ」

目が滲むのを堪えながら、臣斗の頭を撫でて別れを噛みしめる。

「どうしたの。近すぎない？」

「いいじゃない、たまには……たったふたりの姉弟なんだから……」

「そういえば、子供のころはずっとお嫁さんになるって言っていたじゃない」

「懐かしいわね。それ、お嫁さんごっこのことでしょ」

臣斗と出会ったばかりのころ、ごっこ遊びをした。

彼はヒーローごっこが好きで、ひょっとしたら強さに憧れていたのだろう。

そして、ヒーローごっこが終わると、今度は結衣主導でお嫁さんごっこが始まる。

母親がいないことも関係していたのか、当時は早くお嫁さんになりたかった。

先日の臣斗からのプロポーズは、この出来事に起因していたのかもしれない。

一方、結衣は歳を取るにつれ、だんだんと現実的な将来を考えるようになっていた。

「いつごろから大学に行こうと思ったの」

「たぶん高校入学前後じゃないかしら」

臣斗も成長し、家事を手伝ってくれたので、余裕ができてきた。

高校が進学校だったため、大学進学を意識している級友が多く、触発された。

「中学や高校は三年までしかないのに、大学は四年も通うんでしょ。長すぎだよ」

「あなただって小学校に六年も通ったのよ」

「でも、小学校は家から通ったけど、お義姉ちゃんは東京に行くじゃない。ということは、四年も離れて暮らすのかと思うと……」

臣斗はそこから先の言葉を濁した。

なにを言わんとしたのか、おおよそ察せられた。

枕の端まで頭を移動し、彼の背中に腕をまわす。

「私も寂しいわ。でも、もう大きいんだから、ちゃんと理解しておいてほしいの。卒業後も東京に残る可能性もあるし、お父さんみたいに出張する職に就く可能性もある。だから、この家に戻るとは限らないの」

苦しい告白だったが、臣斗から意外な言葉が返ってきた。

「わかっているよ。お義姉ちゃんの将来はお義姉ちゃんのものだ。引越すると聞いたときから、気づいて……いたよ……でも、ここがお義姉ちゃんの家なのは変わらない。

だから、いつでも……帰ってきて……」

声は徐々に小さくなり、最後は肩が小刻みに震えていた。

「ごめん……ごめんね……」

結衣が横向きに彼の背中を抱くと、臣斗も身体をよせてきた。

幾度抱いたか覚えていない小さな身体は、記憶よりも大きくて温かい。

彼の額にそっと口づけする。結衣と同じシャンプーの香りがした。


(僕はなんて弱虫なんだ。泣かないって決めたのに)

別れが迫り、さまざまな記憶が去来した。

ごっこ遊びはもちろん、それより前にみんなで映画を観に行ったこともある。

今となっては楽しい思い出ばかりだ。

(それにあのときのこと……)

義姉との思い出は自分の記憶のほぼすべてとも言えたが、中でも鮮烈に焼きついているのは、義姉が合格通知を受け取った夜の出来事だ。

(お義姉ちゃんの裸、きれいだったな。おっぱいも大きかったし。それに、オチ×チンを洗われていたら、気持ちよくってふわふわしちゃった)

そのことは夜ごと記憶に蘇《よみがえ》り、そのたびに性器がむず痒くなり、身体が疼いた。

義姉と横向きで抱きあったまま、数分が経過すると、涙も落ちつき出す。

すると、自分の置かれた状況に意識が向く。

（僕が今、顔を埋《うず》めているのは、ひょっとして！）

枕だと思っていたものは、義姉の乳房だった。

冬用のパジャマ越しに、やわらかくも豊かな肉塊に顔を押しつけている。

こっそり深呼吸すると、同じバスソープを使っているのに、義姉の身体からはもっと甘い香りが漂っている気がした。そして、義姉の芳香を肺まで吸いこむことで、義姉とひとつになった感じがしてうっとりする。

（もうお別れだというのに……僕はやっぱりお義姉ちゃんが好きなんだ）

臣斗からも義姉を抱き返し、温かい身体に密着した。

義姉を失いたくない。強い願望を両腕にこめた。

「あん……臣くんにギュッてされるのは好きよ。でも、ちょっと痛いわ」

「ご、ごめん。そ、そんなつもりはなかったんだ。腕とか折れたりしてないよね」

「オーバーね。私は大丈夫よ……でも、これはどういうつもり」

陰茎の根もとから先端に向かって軽く撫でられた。

いつの間にか男性器は棒状に硬化し、パジャマの上からだというのに、むず痒い感触にビクンビクンと弾んでしまう。

「ごめんなさい」

半ば反射的に謝った。男性器がふくらむ意味も理由も定かではないが、とても卑猥な反応をしてしまったのは察せられた。

嫌われる前になにか言わねばならないと思ったものの、義姉が先に告げる。

「またオチ×チン大きくしちゃって。ずいぶんとヤンチャじゃないの」

臣斗の反応をからかいながらも、やわらかな言葉遣いだった。

義姉はどこまでもやさしく義弟を受け入れ、そして諭す。

「あと数年したらわかるようになるけど、こういう反応は、好きな女の子に対してするものよ。少なくとも義姉への態度ではないわ」

義姉の返事を聞き、臣斗はチャンスだと思った。

今を逃しては、もう一度想いを伝えるのは難しくなる。二度目の挑戦だ。

「好きだよ、お義姉ちゃんのことが好きだ。もちろん家族としても信頼しているし、昔やったお嫁さんごっこみたいに、お義姉ちゃんをお嫁さんにしたい」

これ以上の覚悟はできないくらい、真摯《しんし》に想いを伝えた。

ごっこ遊びは、しょせんごっこ遊びでしかない。

それでも約七年間のときをいっしょにすごし、最終的な結論は変わらない。

「………」

だが、義姉は即答してくれなかった。

期待と不安が交互に押しよせるなか、沈黙が続く。

たっぷり十秒は要したところで、義姉が口を開いた。

「うれしい」

義姉の答えは臣斗を舞いあがらせた。だが、返事はまだ続く。

「でも、やっぱりそれだけはできない。私たちは姉弟なんだもの」

臣斗の好意が変わらなかったように、義姉の決意は微塵《みじん》も変わらなかった。

臣斗を絶望の淵《ふち》にたたき落とすのに十分だったが、義姉は柔和な口調で説く。

「今は私が近くにいるからそう思うだけ。まわりの女性に興味を持つようになれば、私なんかより素敵な女性はいくらでもいるわ」

(お義姉ちゃんより素敵な女性がいるはずない)

そう答えたかったが、臣斗は言葉を呑みこんだ。義姉の気持ちを踏みにじることは、大好きな義姉を軽んじていることにほかならない。

無言でいると、義姉は頭をそっと撫でてきた。

「あなたはきっとモテるから心配ないわ。でも、私のことを忘れられちゃうのも、それはそれで少し寂しいかな……」

しんみりした気分でいたが、義姉は臣斗の頭を撫でていた手を布団の中に入れた。下のほうへと手を伸ばし、義姉はふたたびパジャマ越しに男性器を撫でる。

たったそれだけだというのに、肉棒は大きく跳ね、もっと強く気張った。

(やっぱりお義姉ちゃんに触られると、すごく気持ちいい)

くすぐったいのとは違う、ムズムズした感覚が強まった。

風呂場での出来事以来、自分でも触ってみたが、まったく刺激が及ばなかった。

義姉は魔法使いではないかと疑ったほどで、今まさに魔法が再現される。

「うぅ、お義姉ちゃん……」

臣斗が思わず声を漏らすのにも構わず、義姉はパジャマの上から陰茎にそって指先を上下に動かし、ときにやわやわと揉む。すると、ますます硬化する。

「パジャマを破りそうなほど威勢がいいわね」

細く長い指が男根を包み、なめらかな手つきでスライドした。

肉棒の表面を上下に揉んで刺激をくり出す。

小さな器官にもかかわらず、義姉に弄《いじ》られて気持ちを乱される。

「ああ、おかしくなりそう……」

頭がビリビリと痺れ、口の端から涎《よだれ》が垂れてしまう。

義姉は額をつけ、互いの吐息を感じるほどの近い距離で囁《ささや》く。

「この前みたいに、イッちゃいそう？」

(行っちゃうってどういうこと。行くってどこかに行くの、僕はどこにも行かない。お義姉ちゃんとずっといっしょにいたい)

言い返そうにも口から出るのは荒い息だけで、言葉にする余裕はなかった。

空気を吸うと至近距離で義姉の香りが鼻の奥にひろがり、嗅覚まで麻痺《まひ》しそうだ。

義姉の指が先端の出っ張りを撫であげた瞬間、甘い痺れが全身を駆けめぐる。

「お、お義姉ちゃん……あっ」

奥歯を嚙んで堪えようとしたものの、身体が爆発し、四肢が軋んだ。

心地よさのあまり頭の中が真っ白になる。

しかも、その爆発が義姉の手で幾度もくり返された。

「我慢できなかったのね。全部出しちゃいなさい」

歓喜に満たされるなか、義姉は男性器を撫でつづけた。

秘部がドクンと荒々しく脈打つのに合わせて、肉悦に貫かれる。くすぐったいのを極めたような爽快感が断続的にくり返された。

(今のは、いったいなんだろう……)

肉茎が脈打つ間隔が少しずつひろがると、失われた理性を徐々に取り戻す。いつの間にか、全力疾走直後のように呼吸を荒らげていた。

背骨が溶けそうな性感が何度も弾《はじ》け、それが鎮まると、今度はやや気怠《けだる》くなる。

(お漏らししたみたいな感じだ)

風呂場のときと同じ感覚を味わいながらも、状況が違うことに気づいた。

あのときはまる裸で、今日はパジャマを着ている。

そして、オチ×チンの先から白い粘液をしぶかせたことを思い出す。

臣斗はやっと気づいたが、義姉はとっくに見抜いているようだった。

「落ちついたかしら。きれいにしようか」

義姉は身体を起こし、枕もとのボックスティッシュを近くに置いた。

そして、臣斗のパジャマのゴムに指をかける。

「パンツの中、濡れているでしょ。拭いてあげるから、腰を上げて」

悪いことをしてしまった手前、従わざるをえない気分になってしまい、枕に頭を乗せたまま、腰を反らす。

義姉は手早くパジャマとパンツを下ろした。

下腹が空気に触れてひんやりすると同時に、酸っぱい臭いがプンと漂った。

「これがあなたの匂いなのね。クセがあるから酔っちゃいそう」

臣斗には悪臭に思えたものの、義姉はうっとりした表情で深く吸う。

濡れた表面の空気がわずかに震えただけで、先ほど味わった感覚が蘇る。

アソコが痺れ、腰が蕩けそうになった。解剖台の蛙《かえる》のように身動きできず、震える。

彼女は何度も嗅いだあと顔を離し、ティッシュ数枚を引き抜く。

「パジャマは大丈夫みたいだけど、下着はちょっと濡れちゃったかな。着がえないとダメね。でも、その前にきれいにするから少し待っていて」

やわらかくなった陰茎や陰嚢をティッシュで拭かれた。

五本の指と手のひらがオチ×チンを揉むように不穏に蠢く。

(お義姉ちゃんにきれいにしてもらっているだけなのに……)

くすぐられている感じがして、奥歯をギュッと噛んで耐えた。

グローランプの薄明かりのなか、カサカサとティッシュの音が漏れる。

乳搾りをするように根もとをキュッと締めてから、先端へと押し揉む。

陰茎がヒクッと疼き、オシッコの穴から涎のようにドロドロと白い粘液を垂らす。

「やっぱりまだ出きっていなかったのね。ひょっとしてまだ残っているかしら。しょうがないわね……」

やむなしといった雰囲気を醸し、義姉は身体を倒し、顔を臣斗の腰にかぶせた。

小指を立てながら横髪を耳にかけたとき、口唇がわずかに開いているのが見えた。

わずかな隙間でしかないのに深い暗闇となっている。

問答無用にすべてを吸引するブラックホールを思い出す。

「吸い出してあげるだけだから、勘違いしないで……」

勘違いとはどういう意味かを尋ねたかったが、その暇はなかった。

義姉はさらに顔をよせ、口をまるく開くと、上から男性器にかぶせた。

唇を器用に動かして肉茎を挟み、押し揉む。

（えっ……僕のオチ×チンがお義姉ちゃんに食べられている……ご飯を食べたり、チューするところなのに……お義姉ちゃんの唇が僕を……）

混乱して言葉が出なかった。隠したいところをまる出しにされている恥ずかしさ、神聖な唇を汚《けが》してしまう罪深い気持ち、自分の一部が義姉の一部となった奇妙な感覚、そして触れられるとむず痒くもほかでは味わえない快楽が湧き出る。

強い感情がせめぎあい、爆発しそうなのを必死に堪える。
義姉はやわらかい肉茎を咥《くわ》え、チューッと長く吸った。
ストローを使うように頬をへこませ、唇の中を真空にする。
不思議な圧迫感がかかり、奥に吸いこまれた。
今まで感じたことのないムズムズした感覚で唸《うな》ることしかできない。
「あぅ……ううぅっ……あっ」
オチ×チンの中をなにかが通り抜け、腰から崩れそうになった。
義姉はキュッと唇の輪を締め、強めに吸いつく。
口の中に最後の一滴まで吸い出してから、コクンと喉を鳴らす。
「やっぱり出きってなかった。ひょっとしてこっちにも残っているかしら」
両手で先っぽの薄皮を摘まみ、持ちあげながら左右にひろげた。
ラッパ状に間口を大きく開き、今度はそこに唇をよせる。少し突き出した唇からは、
グジュッと湿った音を漏らしながら、泡だった唾液を垂らす。
ふっくらした唇から糸を引きながら落下し、薄皮の内側へと消えた。
その瞬間、くすぐったさに襲われ、腰をビクンと跳ねてしまう。
「少しの間だけじっとして。出したものを拭き取るだけだから」

あまりに強い刺激がくり返され、少し呆けていた。

義姉の提案は逆らいようがなく、無条件にうなずく。

それどころか、内心では義姉の行為に期待してしまう。

義姉は薄皮を指で閉じながら、もう片方の手で皮の上から揉んだ。

唾液を中で塗りひろげているようだ。

「やわらかいうちに剝いてきれいにしちゃうね。ちょっとだけ我慢して」

そう断ると、義姉は先端近くを摘まんで、指を下げた。

(痛ッ……くない……)

すべりがよくなったためか、薄皮は呆気《あっけ》なく剝かれた。

中からオチ×チンの芯が出ると、義姉が注いだ唾液と、臣斗が漏らした白い粘液が混ざっていっせいに流れ出る。

「こぼれちゃう。早く拭かないと」

義姉はティッシュを軽く当て、溢れた液体を吸いこませる。

チョンチョンと亀頭にティッシュを何度も当てる。

「むぐっ……む、ぐぐ……」

わずかに触れただけなのに刺激が強く、それを耐えるのに息んでしまう。

極薄の紙で触られると、先ほどのムズムズした感覚が戻ってくる。

（あ……や、ヤバいかも……）

悪い予感は当たるもので、義姉の眼下で男性器がふくらみ出した。

空気の抜けた風船のようにフニャフニャだったものが、根もとからムキムキと回復し、猛々《たけだけ》しく盛りあがる。

あらびきウインナにも似たパンパンにふくらんだものが、そそり立った。

「さっき出したばっかりなのに、こんなにすぐ大きくなるんだ……もう、しょうがない義弟ね。ちゃんとお世話してあげないと……はむっ」

先ほど同様に、義姉は肉棒を口に含んだ。

先ほどとは違って、先端の薄皮は捲《めく》れてダイレクトに義姉の口内を感じる。

「あっあっ……ああ、ヤバい……お義姉ちゃん、ヤバいよ……」

敏感な亀頭から義姉の温もりが染みた。

舌や内頬の極上のやわらかさが理性を奪い、臣斗は呻《うめ》くだけで精いっぱいだ。

義姉は肉棒から口を離す。

「我慢しないでピュッピュしちゃいなさい。手伝ってあげるから」

再び唇をかぶせ、じゅるるると猥雑な音を立て、唾液といっしょに男根を吸った。

臣斗からは結衣の顔は見えないが、美人の義姉が自分の性器をしゃぶってくれているのかと思うと、それだけで興奮が止まらない。

義姉の口内で男根はペロペロと舐められた。

舌は一瞬たりとも離れることはなく、気持ちよくしてくれる。

特に、先端の剝き出しになったツルツル坊主を濡れた舌でやさしく舐められると、神経に直接触られているかのような鮮烈な刺激を受ける。

「なんかムズムズが強くなってきた」

「れろっ……もうイキそうね。いいわよ。私のお口にこのまま出しちゃって」

先っぽを咥えると、口内では先ほどよりも大きく舌をうねらせた。

義姉の口からは、ピチャピチャ、クチュクチュと小さな水音が漏れる。

「うっ……お義姉ちゃん……ああ……」

坊主頭裏側の付根あたりを舌先でくすぐられると、声を抑えられなかった。

舌の感触を意識する余裕もなく、ただただうっとりして五感が麻痺する。

自分の中で導火線に火が点《とも》され、爆発までの猶予がいくらもない。

(もうダメかも……)

呆気ないほど簡単に追いつめられた。

背を反らし、足をつま先までピンッと伸ばして爆発を一秒でも遅らせようとする。

くちゅくちゅと舐める音がわずかに聞こえた。

それが大好きな義姉の口の中、それも自分のオチ×チンを舐めた音であることを実感すると、甘美な痺れが背すじを伝って全身を小刻みに震わせる。

制御不能な愉悦がこみあげた。

「お義姉ちゃん、なにかが来る……おかしくなっちゃいそうだよ、お義姉ちゃん、お義姉ちゃん……あっ」

突如、強い痺れが全身を駆け抜けた。

背骨を溶かすのではないかと思うほどに極甘の衝撃に、四肢が痙攣《けいれん》する。

それが断続的にくり返されると、呻き声を抑えられず、身体を軋ませた。

(今度はお義姉ちゃんの口の中に、白いオシッコを吐き出すなんて……)

ひどく無礼なことしていると反省しながらも、全身が歓喜に湧き、義姉と今まで以上に親密になったことに幸せを噛みしめた。

運動直後のように呼吸は荒くなり、一気に疲労感に襲われる。

「んっ……んっ……」

義姉は鼻から息を漏らしながら、唇でオチ×チンを搾った。

形のよい唇がもごもごと蠢いて、男性器を密封する。

そのあと、こくんと喉を鳴らして飲み下し、こちらに目を向けた。

「今夜のことは秘密よ」

義姉は人さし指を唇に当てていた。

グローランプの薄明かりのなか、顎のほくろが黒々と輝いているように見えた。

肉体は休息を欲して急激に眠くなった。

今夜が義姉との最後の夜であることも忘れ、目を閉じた瞬間、天国に誘われるかのように快い眠りに落ちた。

第二章　テニスウェアの美人先輩

1

「新見《にいみ》、また赤点スレスレだったぞ」

臣斗が理科準備室に入るなり、教師が先制パンチを放った。

鋭い一撃だったが、ただ打たれるだけというのは性に合わない。

「それは先生の教え方にも問題あるんじゃないですか」

「ばか言うな。明らかに勉強してないだろ。テストのときくらい勉強してくれよ」

教師は溜息をつきながら、また机に向いた。

つい先日一学期の期末テストが行われたので、その採点の最中なのだろう。

臣斗は教師のうしろを通り抜け、部屋の奥に向かう。

理科準備室は棚がいくつも並び、主に教師が授業で使う教材が置かれている。

その奥の一角は、地学部の部室を兼ねていた。天文、地質、気象などを扱う部活だ。

臣斗の場合、アルバイトもあって部活動にまじめに取り組んでいるとは言いがたかったが、半幽霊部員的に出入しても咎《とが》められることはない。弱小文化部のゆるさが肌に合い、なんとなく在籍するうちにまる一年が経過した。

理科準備室の奥のテーブルが主な活動拠点となり、昼休みながらすでに先客がいた。

「臣斗くん、もうちょっとがんばってみたら。先生を困らせちゃダメよ」

「夏奈《かな》先輩、テスト結果はプライバシーってもんですよ」

貝塚《かいづか》夏奈は地学部の三年生で、ショートカットのさっぱりした女子だ。

さっぱりというのは外見もそうだが、性格的にもさっぱりしている気がする。

「聞こえちゃったんだから仕方ないじゃない」

「聞こえないふりをするのが、やさしさってもんですよ」

夏奈が返事をするより先に、彼女の横に座っていた女子が、かぼそい声で割りこむ。

「でもウチに入れたのだから、やはりたんなる勉強不足じゃないかしら」

やや苦い思いで声の主を見る。

水上美咲《みなかみみさき》も地学部の三年生で、絵に描いたようにまじめで成績優秀だ。控えめでもの静かな印象があるものの、正論を突くところが手厳しい。臣斗の通う高校は進学校で、赤点を取るタイプは入学できない。黒縁眼鏡越しのやや切れ長な目でまっすぐに見つめる。

「ひょっとして……またアルバイト？」

「夏休み、東京に行こうかと思って。それで軍資金を貯《た》めているんです」

臣斗は鞄《かばん》からカップ麺《めん》を取り出し、湯を注いだ。

美咲は箸を休め、まだこちらを見ている。

「お昼ご飯、即席麺が多すぎるわ。体調を崩す前にやめるべきよ」

「それは偏見だ。これで体調悪くしていたら、世界中で病人だらけですよ」

「今は体調が悪くなくても、その予備軍じゃない」

（今日はちょっとしつこいな）

内心そう思いながら、臣斗は蓋をしっかり閉じた。

（馬が合わないというか、どうも嚙みあわない。美人だけど少し近よりがたいし）

美咲は切れ長で知的な目をしていて、黒縁横長の眼鏡をかけていた。

黒髪のショートヘアは、肩にかからない程度にきれいに切りそろえられている。

襟もとの毛先はやや内側に巻き、一糸乱れずに艶やかに照り返す。

「あなたのお母さんは用意してくれないの」

家族の話を無遠慮にされると、怒りが一瞬で沸点に達しそうになる。

これがはじめてというわけではない。むしろ、今まで幾度となく経験してきた。

(別に悪意があって言ったわけじゃない)

自分にそう言い聞かせて、割箸を力任せに裂く。

「僕の家族は、出張ばかりの義理の父、家を出た義理の姉なので、母親はいません」

臣斗の返事を聞き、美咲は目を大きく見開いてから深く頭を下げる。

「知らなかったとはいえ、ごめんなさい」

それを見て、臣斗は不快感がこみあげる。

不幸を嘆く美咲に対してではなく、そういう反応を誘導をした自身に対してだ。

(まるで子供みたいじゃないか。別に謝ってほしいわけじゃないのに)

楽しいはずの昼休みだというのに、空気が淀《よど》んでいた。

「そ、そういえば、夏合宿はちゃんと来てよ。東京に行くお金はあるけど、合宿に行くお金はありませんとかマジ勘弁してよね」

とつぜん、夏奈がまくしたてた。たぶんこの場の雰囲気を変えようとしてのことだ。

美咲も察したのか、話を戻すかわりにお弁当に箸を伸ばす。

馬が合わないからといって争うのもばからしいので、夏奈の作った流れに乗る。

「今年は大丈夫です。ちゃんと参加できますよ」

昨年は合宿を辞退した。夏休みにまで教師や先輩に会いたくなかったからだ。

ただ、さすがに一年所属していれば人間関係も円滑になり、今年は考えを改めた。

夏奈は話題が変わらないように気遣ったのか、矢継ぎ早に続ける。

「コテージもテニスコートも完成したばかりで、ピカピカらしいわ」

「新しいと防虫設備も整っているだろうし」

「さすが美咲、いいこと言うわ。やつらは隙あらば乙女の肌を狙ってくるものね」

話題は完全に夏合宿となり、もとには戻らなさそうな雰囲気だ。

それなりに時間が経過したので、臣斗は蓋を剥がした。

カレーラーメンのスパイシーな香りが部屋に充満し、すべての匂いを上書きする。

夏奈はなにか言いたげな視線を向けたが、美咲は黙って窓を開けた。

翌日の昼休みは教師が不在でラッキーかと思いきや、そうでもなかった。

（おっと……美咲先輩だけか）

馬の合わない組みあわせとなり、少し緊張した。

とはいえ、遠慮する間柄でもないので、いつもどおりカップ麺を鞄から取り出す。

「夏奈先輩は休みですか」

「そう。風邪よ」

「珍しいですね」

「そうね。あんまり病弱な印象はないわね。でも、夏奈には仲のよい家族がいるから、たぶんちゃんと看病されているから心配ないわ。それよりまた即席麺なのね」

お湯を注ぎながら聞いていると、なにか含みを持たす感じがした。

(昨日の今日でケンカを売られているような、違うような。とはいえ、あんまりいい話題ではない気がする。そうだ。夏奈先輩のまねをしてみるか)

「先輩は合宿でいちばん期待しているのはなんですか」

地学部の夏合宿は、長野県の山に三泊四日でこもる。昼間はフィールドワークとして地層見学や化石発掘、夜は天体観測が主目的となる。息抜きとして、バーベキューや河原の水遊び、テニスと遊びも目いっぱいに詰まっている。

「やはりペルセウス座流星群ね。今年は実物をこの目で見たいわ」

「去年はきれいだったと聞いていますが、先輩は見ていないんですか」

「その……あの……恥ずかしながら……」

急に口をまごまごさせ、ぽつりぽつりと答える。

「実は夜が得意じゃなくて……仮眠のつもりで早めに休んだものの、気づけば……」

「気づけば？」

「その……朝でした……」

頬をボッと真っ赤に染めた。日焼けとは縁遠そうな白い肌は耳まで赤くなり、いかにも穴があったら入りたいというふうに弁当箱の隅を箸で突いている。

「プッ……それがメインなのに寝すごしたんですか……ププッ」

手を口で押さえたものの、まじめキャラの意外なエピソードに思わず吹き出した。

すると、美咲はますます顔を赤くする。

「仕方ないじゃない、長旅で疲れていたんだから」

「誰か起こしてくれそうなものなのに」

美咲は臣斗とはいっさい視線を合わせず、手もとを見ている。

「いえ……どうやら何度か起こそうとしてくれたんだけど、まったく起きなかったみたいで……しかも、その起こす様子を動画で撮影されて……」

もう声を抑えきれず、大声で笑ってしまった。

スマホで証拠を残されるということは、よほど寝起きが悪いのだろう。

まじめ一辺倒というわけではなく、意外とルーズな面もあるようだ。

当初の雰囲気よりは和やかなに食事を終える。

すると、彼女は冷蔵庫からタッパーを取り出す。

中にはブルーベリーやカットパインがみっしりと詰まっている。

「母が入れすぎたの。食べきれないからいっしょに食べてくれないかしら」

塩分と油分は満たされていたが、ビタミンCは皆無のため、ありがたくいただいた。


ところが、翌日もフルーツを食べてほしいと頼まれる。

そして三日目も頼まれれば、いくらなんでも彼女の母親はおっちょこちょいすぎだ。

「ひょっとして僕の体調を心配してくれているんですか」

「ええ。合宿前に後輩が壊血病でも患ったら困るもの」

臣斗と美咲の会話を横で、風邪から復帰した夏奈が心配そうに見ていた。

先日の出来事もあって、言い争いが勃発しないか不安なのだろう。

だが、美咲にそんなつもりはないことは察していた。

「大航海時代じゃあるまいし」

「そうね。果物ですべてが満たされるわけではないけど、ビタミンを取ることは別に害はないでしょ。どうせ私ひとりでは食べきれない量だし」

美咲の行為に内心衝撃を受けた。

母親がいないことはどうやっても変えられない。

しかし、それに起因した食生活のバランスは改善の余地があり、どうにかできないわけではない。美咲はシェアして食べるということ名目に、改善を試みたわけだ。

不遇にただ同情するのではなく、彼女の現実的な性格を垣間見た気がした。

とはいえ、毎日用意してもらっては甘えすぎで、いささか格好悪い。

「今週は果物をありがとうございました。もうけっこうです」

美咲は眉間に力を入れてなにかを言いかけたが、構わずに続ける。

「負けましたよ。今度から果物かサラダを持ってきます。それでいいですか」

眉間の力を抜き、美咲は唇の端をわずかに傾けた。

頰に控えめな窪みができ、それがチャーミングな微笑みを浮かべる。

「それなら問題ありません」

返事はそれだけだったが、美咲が言うからには臣斗の変化を見て判断するだろう。

（美咲先輩って身体が細いからもっと弱々しい印象だったけど、頑固というか骨があ

るんだな。意外と頼もしい感じもする）
美咲に対する評価を改めたのは、あと数日で一学期も終わろうとしたときだった。

夏休みに入ってもアルバイトの日々が続いた。

冷凍食品工場での袋詰めのバイトから帰宅すると、疲労のあまりソファに寝転んだ。

（義姉さん、よくやりくりできたな）

女性のほうが欲しいものが多いはずなのに、義姉がバイトをした記憶はない。

質素にして優秀だ。大学を卒業し、今は有名企業に勤めている。

（それに控えめに言っても美人だしな……）

実家暮らしのころの義姉は今思えば少し田舎臭かったが、先日会った際は、豊かな黒髪は以前よりも艶やかで、全体的に広告のモデルのようにスマートだった。

（オムライス、相変わらずおいしかったな）

結局、東京行きは実現されなかった。

義姉と義父の夏期休暇が重なり、家族三人が久々にそろったからだ。

義姉は以前ほどには家事をしていないらしいが、それでも料理は絶品だった。

近場ながら、温泉旅行もした。

東京行きがなくなり、浮いた旅費でカメラを購入し、家族写真を撮った。

中でも、浴衣を着たほろ酔いの義姉は、我ながらうまく撮れた写真だった。

そのとき、アルコールが入ったこともあって、義父が義姉に結婚のことを尋ねた。

まだ相手もいないと聞き、義父は残念そうだったが、臣斗は心底安堵した。

(チャンスはあるはずだ……いや、でも、僕はなにを考えているんだ)

義姉が上京する直前、まだ小学生だったときに、義姉にプロポーズし、そして疑問の余地がないほど玉砕した。

義姉との関係を自分はどうしたいのか。

もう数えきれないほど考え、答えを得られたことのない疑問でモヤモヤした。

すると、ジーンズのポケットが細かく振動する。

スマホを取り出し、画面を見ると美咲からのメッセージだ。

――アルバイトお疲れさまでした。そろそろ帰宅ですか。明日は合宿ですね。忘れものがないよう注意してください。

リアルで会うのと同じく文面は堅苦しいが、感想は違う。

(美咲先輩、やさしいな。さて、そろそろメシにするか)

ソファから立ちあがると、台所で夕飯の準備をはじめた。

メインは昨夜の残りもののカレーライスなので、レンチンで済む。それと、冷蔵庫から野菜を取り出し、サラダを用意した。テーブルに並べ、写真を撮る。

——今日はカレーの残りです。明日は合宿ですね。寝坊しないよう注意してください。

美咲の文面を少しまねして写真とともに返信すると、即座に返事があった。

——恥ずかしいから言わないで。

美咲は夏休みも食生活に探りを入れてきたので、臣斗は食事の写真を返した。もし怠惰な食事が続こうものなら、野菜や果物を送りつけかねない。監視と言えなくもないが、手間をかけているのは臣斗ではなく美咲だ。手間を惜しまず気にしてくれるのは、やさしさの表われだ。

(そう言えば、先輩、カレシとかいるのかな)

さすがに、毎日のようにメッセージを遣《や》り取りしていれば、気にもなる。少し無愛想な感じがするのは否めないが、気配り上手なよい恋人になるだろう。

(あれ……美咲先輩のことが好きなんだっけ)

もともとは苦手だったが、今は彼女のことを間違いなく意識している。

だが、ずっと義姉ひとすじで、高校の人間に対して恋心を抱いたことはなかった。

美咲に対する感情が本物かどうかは、正直定かではないものの、少なからず好意を抱いているのは間違いなかった。

2

(ここはどこだ……)

頭痛で目を覚ました。見慣れぬ天井は高く、自分の部屋と違って白く真新しい。シーリングファンがゆっくりとまわり、異国情緒を感じさせる。

(そうか。寝たのはもう朝だったんだよな)

地学部の合宿の初日は移動と買い出しで、夜間は天体観測だった。山の空気がすんでいるため、予想以上に星空がきれいに見えた。合宿初参加の臣斗は自分で思っていた以上にテンションが上がってしまい、せっかくなので朝日を眺め、結局、布団に入ったのは朝になってからだった。まさしく泥のように眠った。頭が痛むのはたぶん昨夜無理したためだろう。

(えっと、今日の予定はなんだっけ)

寝ぼけ眼を擦りながら、洗面所で顔を洗う。

山の水は冷たく、目が少し覚めた気がする。

(そうそう、地層見学だ……あれ、おかしいな)

コテージのリビングに来たものの誰もいなかった。部員はもちろん教師もいない。疑問に思っていると、廊下からスリッパの音が迫る。

「臣斗くん……おはよう……ふぁ」

「み、美咲先輩、お、おはようございます」

誰もいないと思いきや、美咲を見て緊張した。

昨夜はペルセウス座流星群を眺め、さらには朝日が昇るときもいっしょだった。

実際、名前の呼ばれ方が変われば、親近感も増すというものだ。

(寝起きの美咲先輩、かわいらしさ二割増しかも……)

ふだんは着衣に乱れはなく、隙がない印象なのだが、今は寝起きのため黒髪は少し乱れ、折り目のついた真新しいピンク色のパジャマがいかにも女子っぽい。

眼鏡はかけておらず眠そうに目を擦りながら、小さくあくびをする。

「昨日は徹夜だったから、さすがに眠いわ」

「去年起きられなかったのに比べれば、よかったんじゃないですか」

「そうね。昨夜はあなたのおかげで楽しかったわ……それは?」

美咲はテーブルを指さした。メモ用紙が置いてある。

――ふたりが起きないので、みんなと相談してそのままにしました。私たちが戻るまで自由行動にしてください。なお、ふたりが起きない証拠は動画に確保済み。夏奈
臣斗と美咲は顔を見あわせた。

「ふたりって書いてあるのは、やっぱり僕らのことですかね」

「たぶんそうね。だって、ほかにいないもの」

ふたりは同時に大きな溜息をつく。夜に無理をすれば翌朝に響くのは当然だ。

臣斗は美咲に新たな武勇伝ができたことに気づき、ニヤニヤしてしまう。

「先輩、二年連続で寝坊じゃないですか。きっと新記録ですよ」

指摘すると、美咲の顔からは眠気が一瞬で消え、みるみるうちに真っ赤になる。

恥ずかしさと怒りとが交互に押しよせてくるかのような、不思議な表情をした。

唐突に身体の向きを百八十度変え、リビングから撤退する。

「一年生のときもやらかしているの。三年連続で不名誉をコンプリートしたから、この記録は破られないわ。シャワー浴びてくる！」

ひとりリビングに取り残され、壁時計を見るとすでに午後になっていた。

（もうひと眠りって気分でもないな）

とりあえず冷蔵庫をのぞく。合宿期間は自炊なので食材がミッシリ詰まっている。まずは腹ごなしだろう。

それから三十分が経過したころ、美咲が戻ってきた。

髪はドライヤーでしっかりと乾かし、いつもの黒縁眼鏡をかけている。服装は黒い半袖のカットソーに、カーキ色のロングスカートと、フェミニンなファッションだ。

キッチンに近づくと、目を少し細めて鼻をスンスン鳴らす。

「バターかしら。香ばしい匂いね。臣斗くん、お料理できるの？」

「ひどいなあ。夏休みにさんざん写真を送ったじゃないですか」

「学校だといつも即席麵で、写真はきれいだったからテイクアウトだと思ったわ」

「家では自炊ですよ、作り置きが多いですが。はい、どうぞ」

「おいしそう。オムライスだったのね」

昔ながらの洋食屋で出てきそうな卵で包む一品で、臣斗の得意料理だ。

白い皿の上で、パレットに出したばかりの黄色の絵の具のように鮮やかに輝く。

「温かいうちに食べてください。僕は自分のを作るんで」

「匂いを嗅いでいたらお腹が減っちゃったから、先にいただくわ」

楽しそうにケチャップの蓋を開け、黄色のキャンバスに赤いハートマークを描いた。

オムライスの面積を目いっぱいに使った大きなハートだ。

(義姉さんと同じ書き方だ……)

些細《ささい》ながらも義姉との共通項を見つけ、親近感めいたものを覚えた。

ふたりのタイプは異なるが、ハートマークにせよ笑窪にせよ、意外と似ているところがあるかもしれない。

臣斗は自分の分を焼きあげ、テーブルに移動する。

美咲は顔を上げ、目を輝かせる。

「ヤバいよ、コレ。超おいしい」

臣斗の知る美咲はまじめで静かで人と距離を取る印象がある。感情が表情に出るところも乱れた言葉遣いも、ふだんの彼女からは考えられない。しかし、今はごくごく普通の女子高生といった感じで、これはこれで偽りなき美咲本人のように思えた。

(こういう先輩もけっこういいかもな)

旅先の解放感や後輩男子の手料理などイレギュラーなことが重なって、よそよそしさが薄れているのだろう。

「お褒めにあずかり光栄です、姫様」

冗談めかして自分でも食べはじめた。ひとくち含むと、バターの甘い香りとケチャップの酸味が卵のトロトロ食感とともに口内にやさしくひろがる。我ながら上出来だ。

大仰な言葉を聞き、美咲はスプーンを持つ手を休め、肩を落とす。

「本当に恥ずかしいわ。あなたの言うとおり、私はなんにもできないお姫様よ。こんなにおいしいオムライスを作れないもの」

予想外に重い反応だった。調子に乗りすぎたかと焦る。

「気に障る言い方だったなら、謝ります」

「ぜんぜん気にしないで。おいしいのは私が保証するわ」

美咲は焦りぎみに顔を上げ、手のひらを見せて横にふった。

そして、寂しそうにぽつりぽつりと漏らす。

「小さいことから習いごとばかりだったの。塾はかけ持ち、ピアノに英会話にテニスにも通わされた。おかげで成績は悪くはなかったけど、それと引きかえに同級生と遊べなかったし、家事を手伝うこともなかった。だから、お姫様と同じで自分ではなにもできない。一学期の果物だって、私にできたのはママに頼んだだけよ」

「それで十分でしょう。大切なのは、そうしたいと考えられることだと思います」

「それは過大評価よ」

「そんなことないです。先輩は間違いなく僕を救ってくれました」

「いったいなにから救ったの」

夏期休暇で学校にも行かず、誰とも話すこともなく一日が終わることも多い。そんななか、美咲から送られたメッセージは、砂漠のオアシスに等しかった。美咲は、臣斗を孤独から救ったのだ。ひょっとしたら、美咲も同じかもしれない。ましてや彼女は受験生なので、孤独を強く感じているだろう。

とはいえ、それを素直に口に出すのは恥ずかしく、別の言葉を探す。

「えっと……壊血病から……かな」

「大航海時代じゃないのよ……うふふ。それなら、そういうことにしましょうか」

残りを食べおえたところで、臣斗は立ちあがる。

「じゃあ、食器を洗っちゃいますよ」

「やっぱりあなたはいろいろなことができるのね」

「たんに食器を洗うだけですよ。誰でもできますって」

「当たり前のように行動できるのは羨ましいわ。ご飯を作れて、食器を洗えて、アルバイトして、写真だってすごかったし、パソコンだって使いこなせていたじゃない」

東京行きの旅費がカメラになり、そのカメラでペルセウス座流星群を狙った。

昨夜、実物を肉眼で眺めたあと、臣斗がパソコンを操作し、静止画像で鑑賞しなおした。きれいな星空を背景に雨粒が落ちるように、星が流れる姿を収めていた。

「家事は普通にやってきたことだし、写真だって広角レンズでひたすら連写しただけだから、別にたいしたことじゃありません」

「あなたにとってはたいしたことないかもしれないけど、それをいくつも普通にできるのがすごいのよ。世間知らずの私からすれば、あなたが大きく見えるもの」

「それを言うなら先輩だって、すごい優秀で、僕が気づかないようなことまで気をまわしてくれて、とてもまねできません」

ふたりはテーブルの横で正面を向いて立っていた。

身長は臣斗のほうが少し高いので、見下ろすかたちとなる。

美咲は媚《こ》びるような上目遣いで目線を上げていた。黒縁眼鏡越しのやや切れ長な目は少し潤み、洗いたての黒髪はみずみずしく煌めいて甘い香りを漂わせる。

「あなたは手広くいろいろできるタイプなのだと思う。私は逆。ひとつのことしか気がまわらないの……今だって、口の横のケチャップが気になって仕方ないもの」

そう言って、臣斗の唇を指さした。

「えっ……先に教えてくださいよ。超恥ずかしい」

手の甲で拭おうと思ったが、それより先にやわらかいものが唇の脇に触れた。

さっきまで視界の正面にいたはずの美咲は小首をかしげ、側頭部しか見えていない。
つまりは、超至近距離にいるということだ。
美咲が半歩ほど下がると、臣斗の唇の脇に触れていたものも離れた。
ふだんの理知的な雰囲気とは違い、今は顔を真っ赤にして頬を両手で押さえる。
視線は臣斗のほうを向いたり逸らしたりと、チラチラさせてせわしない。
「きゅ、急に、ご、ごめん……ね……つ、つい……」
美咲は恥ずかしげに声を震わせた。
鼓動が跳ねあがるとともに、彼女への愛しさが急激に募る。
それは、夏休みに入ってから特に意識するようになった感情だった。
そして、昨夜ふたりで星空を眺め、無駄話をしているうちに確信していた。
(やっぱり僕は先輩のことを好きなんだ)
美咲のことを思っていると、それだけで幸せになれる感じがした。
しかし、それだけでは足りないと思う自分もいた。彼女のすべてが欲しい。
「あの……先輩の唇にもついていますよ、ケチャップ」
反撃を受け、美咲は顔を真っ赤にして、口のまわりを指先で拭こうとする。
「えっ、ど、どこ——んんっ」

今度は臣斗から顔をよせ、唇を重ねた。

ほんの小さな肉片で触れただけだというのに、むず痒くなって首すじが震える。

その瞬間、美咲の目が大きく見開いたが、ゆっくり瞼を閉じ、同時に唇を押し返す。

(今、美咲先輩とキスをしているんだ)

臣斗からも少し押し返すと、ふたりのやわらかい器官は潰れ、隙間なく密着する。

互いの触れる唇からは、今まで感じたことのない幸福がひろがった。

少しくすぐったく、空をふわふわと漂っているかのような快さだ。

「んっ……んんっ……」

美咲は鼻にかかった息をこぼすと、ゆっくり唇から力を抜いた。密着していた唇は徐々にゆるみ、触れあう感触が薄れる。まるでふたりの気持ちを代弁するかのように、唇の先は最後の最後まで張りついて抵抗したが、ついには離れた。

彼女は顔を赤らめ、眼鏡越しに上目遣いで目を向ける。

「……ファーストキスはレモン味と聞いていたけど、ケチャップ味だったわ」

(やった。僕がファーストキスなんだ)

おそらく一生の記憶に残りつづける相手として認められ、とても名誉だ。

それに、はじめて彼女の唇を奪ったという独占欲めいたものが満たされた。

思ったままを伝えようと思ったが、やはり気恥ずかしく冗談めかしてしまう。

「僕のファーストキスはバター風味でしたよ」

「ケチャップよりはマシね。いえいえ、ちょっと待って。バターって主成分が乳脂肪でしょ。ファーストキスが脂肪っていうのもどうかしら」

「成分で考えると雰囲気がないから、乳製品のイメージでお願いします」

「そうね。でも、ちょっと曖昧だから、もう少し検証がいるんじゃないかしら」

珍しいことに、美咲は悪戯を楽しむ子供のような笑みを浮かべた。

美咲の企《たくら》みに気づき、臣斗はうなずく。

「理系が検証好きなのは困った性質ですよね。もちろん、お手伝いします……んっ」

顔を近よせ、彼女の唇を塞いだ。

一度目が混乱ぎみで、二度目が無我夢中だったのに比べ、三度目のキスはまだ落ちついているとはいえ、やはり暴力的なまでに甘美だった。

唇で唇をくすぐるように軽く触れ、小さな唇を端から端まで味わう。

みずみずしいふくらみに触れただけで愛《いと》おしさが急激に募り、彼女が欲しくてたまらない。

彼女の背中に腕をまわし、華奢な身体をギュッと抱きしめる。

「アッ――ンッ……」

美咲は悲鳴にも似たやや甲高い声を漏らし、彼女からも抱き返した。

キスだけでも衝撃的だったというのに、もうそれだけでは抑えが利かず、身体でも密に触れあう。服の上からではわからなかった胸のふくらみが押し当てられ、背中を抱いた腕から温もりを感じた。しかも、息を吸うたびに彼女の香りが鼻の奥にひろがり、その匂いをもっと嗅ぎたくなる。

触れあう数多《あまた》の場所から、美咲の身体が女であることを訴えてきた。

ふたりの唇がゆっくり解け、見つめあう。

眼鏡越しに見える瞳はいつもよりも黒々と濡れ輝いている。

「味はどうでもいいわ。とっても素敵な気分よ。あなた、お料理ができるから女子力高いのに、男子力も高いのね」

下腹部も密着していたので、服の上からでも勃起がバレバレだった。

下品と揶揄《やゆ》されているのかと内心恐れたが、そうではないようだ。

「私が相手でもこうなっちゃうのね。あの……いいよ」

「い、いいってことは……」

緊張のせいか、唾を飲みこむ際に喉がゴクッと鳴った。

美咲がなにを許可しているのかは、鈍感な臣斗でも察する。

異存はなく、強くうなずき返す。ただ、緊張は隠しきれない。

「はじめてだから、うまくできるか心配です」

「私もよ。それならちょうどいいわね。だって、お互い正解がわからないんだもの」

美咲は目尻を下げて微笑んだ。

(先輩も緊張しているんだ)

かわいらしい笑窪が小刻みに震え、目尻も引き攣り、明らかに表情が強張っていた。

(ひょっとして僕を励まそうとして強がっているのか。よし!)

「ぼ、僕に先輩を、く、くだっ――ギャッ」

呂律《ろれつ》がまわらずに舌を噛んでしまい、痛みのあまりに叫んだ。

腹立たしい気持ちで奥歯を噛みしめて耐えていると、美咲がプッと吹き出す。

「うふふっ。ちょっと格好悪すぎ。マンガみたいな噛み方でびっくりしたわ」

臣斗としては格好つけてリードしようとしただけに、きまりが悪い。

美咲は眼鏡の内側に指を入れ、指の甲で目尻を拭う。

嘲笑が徐々に鎮まり、気分は落ちついてきたようだ。

「なんでもできるあなたも緊張するのね。安心したわ」

臣斗の背中に腕をまわし、ギュッと抱きしめてきた。

踵《かかと》を上げ、唇を耳もとによせてくる。そして、小さな声で耳奥に吹きこむ。

「もらってくれるかしら、私のバージン……」

吐息に耳朶《みみたぶ》の内側をくすぐられ、甘い囁きに脳がドロリと蕩けそうだ。

そして、次の瞬間、頭の芯から身体がカッと熱くなる。

最大級の愛情表現を受けたことを誇らしく思い、彼女への想いが強くなる。

「もちろん。好きです、先輩」

もはや幾度目かもおぼつかないまま、唇を重ねた。

ついさっきファーストキスを済ませたばかりだというのに、もうそれだけでは足りず、もっと彼女が欲しかった。

おそらくそれは彼女も同じで、ふたりは唇で触れながらも顔をくねらせて、なめらかに範囲をひろげる。

「ンッ、チュッ。あぁ、キスって気持ちいいわ。ンンッ」

少し鼻にかかった甘い声を漏らした。

華奢な腰に両手を添え、肋骨《あばらぼね》の上を左右それぞれ並行にゆっくり遡《さかのぼ》る。

「ンッ……アッ……アァンッ……」

接吻《せっぷん》しながら漏らすあえぎが、徐々に甲高くなった。

指先を手前に移し、なだらかにふくらんだ乳房に手のひらをかぶせる。手全体でまるみを覆い、彼女の両乳房をゆっくり揉んだ。

「アッ、ンッ……いやっ」

キスをしていた唇は離れ、眼鏡の下で眉間に皺をよせた。

臣斗が手を動かすと、美咲は身体をヒクンと弾ませる。

唇の狭間《はざま》から漏れる吐息には熱がこもり、ふだんの清楚《せいそ》な雰囲気とは異なる色気が滲む。

「ダメ……か、感じちゃう……ンアッ……」

(もっと先輩を感じさせたい)

美咲の胸をゆっくり揉んだ。

お椀よりやや平らなふくらみで、素肌はカットソーとブラで厳重に守られている。

やわやわと指を動かして衣類の向こうに刺激を送りこむと、美咲の足はおぼつかなくなり、それどころかときどき膝から崩れそうになる。

あまりに危なっかしいので乳房から手を離し、腰の括れに手を添えた。

「あっちに移りましょう」

美咲はフラフラと歩き、ソファに力なく座った。

臣斗が足もとに膝をつくと、美咲はロングスカートの上から股間を両手で隠す。

「その……明るいし、絶対に見ないでほしい。それに、まさか今日こうなるとは思ってなかったから、お手入れもしていなくて……お願い……」

今にも消えそうな小さな声で要望した。

男としては手入れされていなくてもじっくり見たいし、ましてやはじめてなのでわからないことだらけで、ぜひとも見たい。しかし、おそらくこのひとことを告げるのにも勇気をふり絞ったのは容易に察せられ、無下には断れない。

「それなら、こんな感じにしましょう」

美咲をソファの上に寝させ、背もたれのほうによってもらう。

臣斗が横から覆いかぶさった。

美咲の身体の左半分が臣斗に密着し、互いの視界はほぼ上半身に限られる。

これで要望を満たした。改めて彼女の身体にそって指先を下腹部に向かわせる。

(あれ……これ、どうしたらいいんだろう)

指先は簡単にウエストに辿《たど》り着いたものの、そこで迷った。

腰はベルトで締められているので、スカートの中に入ることはできない。

スカートを捲《まく》ったとしても、ロングなのでゴワゴワしてしまいそうだ。

戸惑いに気づいたのか、助けてくれる。

「ごめんね、私がわがままを言ったから……ちょっと待って……」

腰を揺らしはじめた。小さなソファがギッと軋む。

腰を少し浮かせ、スカートとショーツを脱ぎ捨てる。

下半身まる裸になって臣斗を迎えようとしてくれる。

「……たぶん、これで大丈夫だと思うわ」

「ありがとうございます」

感謝の気持ちを唇の先に乗せ、軽くキスした。

唇を重ねたまま、美咲の薄い腹の上で指を滑らせ、リトライする。

指先に神経を集中して手を下ろしていくと、やがて素肌に触れた。

「アッ……ンッ……」

美咲がビクンと身体を揺らした。

彼女の素肌はキメが細かく、触っているこちらが心地よくなるほどだ。

指を伸ばし、中指から股座《またぐら》へと滑らせる。

指先は恥毛がゴワゴワと生い茂るゾーンに突入し、さらに奥を目指す。

その先に、女の秘境がひろがっていた。

（……あれ、なにもない）

一瞬そう思ったが、そうではなかった。股の少し奥に控えめな肉脈がある。

指先を女体から離さないように気をつけながら、ゆっくり前後に愛《め》でた。

性経験こそないが、動画で女性器を見たことはあるので、知識としてはどういう形状をしているか認識している。それを思い浮かべながら、本物に触れた。

「ンッ、や、やさしく……お願い……」

同じはじめてでも、女子のほうが不安は大きいだろう。

少しでも不安を解消するべく、指先の力を限界まで抜いて愛撫《あいぶ》した。

小陰唇はほとんどふくらみを感じさせず、襞《ひだ》の肉はほとんど肥大化していない。

まさしく処女地はまだ誰にも荒らされておらず、幼子のもののようだった。

動画で見たものよりも明らかに小さい。

ただ、わずかにへこんだ亀裂がぬかるみ、迎え入れる場所であることがわかる。

（もう濡れているんだ！）

映像でしか知らなかった神秘に触れ、高揚した。

逸《はや》る気持ちを抑え、この世にひとつしかない芸術品を扱うつもりで、亀裂の外側をそっと撫でる。慎重に美咲を責めた。

「アッ……アァ……ン、ンンッ……そう、それくらいがいい……アンッ」

臣斗の下で美咲は背中をくねらせ、ときおりピクンと腰を弾ませた。

両目はずっと閉じていて、眉を下げて蕩けそうな表情をしたかと思えば、眉間に深く皺をよせ、せわしなく変化をくり返す。

苦しそうだが、そうではないのは明らかだ。

呼吸を荒らげ、胸を大きく上下させる。

「アァ……ねえ……もっと……」

秘部に触れている臣斗の右腕をつかんできた。

小さな泉からは温かい淫水が湧き、指のすべりを助ける。

(もうちょっと行けるかな)

肉脈を上から下へ撫で下ろしたあと、ほんのわずかに指を曲げた。

指先はぬかるみに潜り、温かいぬかるみをゆっくりかきわける。

第一関節の半分も埋もれていないが、濡れた肉が蠢いて指を奥へと導く。

臣斗の腕がギュッと抱きしめられた。

「アァンッ……お願い、今のをやって。もう我慢できそうにない」

望外によい反応だ。エッチなリクエストとあらば悪い気はしない。

強くなりすぎないように気をつけながら、女陰の浅瀬をスローテンポでかきまわす。

泉の奥からは愛液が溢れ、指を動かすたびにクチュクチュと音を響かせる。

「ご、ごめん……ごめんなさい……私、もう……ンッ」

強く息を漏らすと同時に、腕にしがみついてきた。

ビクンと腰を大きく弾ませたあと、四肢を強張らせて痙攣する。

壊れてしまったのかと心配しているうちに、震えの間隔が短くなり、やがて全身から力が抜けたかのようにぐったりした。

大きく深呼吸してからゆっくり目を開き、まぶしそうに目を細めて笑みを浮かべる。

「男の人にはじめて触られたのにイッちゃうなんて、私、イヤらしいのかも」

「イッちゃう先輩、とってもかわいいかったですよ」

「……ばか。やっぱり淫乱みたいじゃない……恥ずかしい……」

「眼鏡のリケジョがエロいなんて最強じゃないですか」

「あら、そういう子がタイプなのね。覚えておくわ。あなたももう我慢できないんでしょ。さっきからすごく当たっていて、ずっと気になっているの……」

生地の薄いスウェットを穿《は》いていたので、勃起を隠しようがなかった。

キスをしているときから痛いほど充血し、欲望を切実に訴えている。

普通なら隠さなくてはならないが、今の美咲には素直にわがままを言える。

「今日の先輩、とびきりかわいいです。早く先輩とひとつになりたい」

ズボンとパンツを脱ぎ捨てると、陰茎がバネじかけのオモチャのように飛び出す。すでに臨戦態勢を迎え、それどころか美咲を愛撫している最中も興奮のあまり先走りを漏らしていた。先端のひとつ目小僧がテラテラと濡れ光っている。

美咲は顔を臣斗に向けながらも、やはり気になるのか下腹部を一瞥《いちべつ》する。

「もちろん、構わないわ。でも、ちょっと怖いからなるべくやさしくしてね」

頬を真っ赤に染め、恥ずかしそうに告げた。

それを見ると、ペニスは痛いほどに硬くなり、射精欲求を訴える。

とはいえ、己のわがままだけを満たすわけにはいかない。

（一度身体を起こして、アソコを見ながらなら挿入できそうだけど、先輩は見られるのを極端にいやがっていたもんな。なんとかがんばらないと）

今、ソファに寝た美咲の上に臣斗が覆いかぶさっている。

右腕で美咲の左足を大股開きさせてから股間を重ね、左手で仰角に見あげる肉棒を下に向ける。彼女の股座に亀頭を当てて探る。

「ちょ、ちょっと……ダメ、そっちはお尻……」

女陰以上の秘部を探り当てたことに興奮し、手の中の肉棒が強く跳ねる。

それはそれで興味はあるが、今は我慢して正規の入口を探った。

「アァン。あちこち触られてくすぐったい。ごめんね、見ないでとか言って」

高難度の要求だったことに気づいてくれたらしく、美咲も下腹部に手を伸ばした。

男根はふたりの手で両サイドから握られ、ビクビクと震える。

場所を把握していない臣斗にかわり、美咲が案内してくれた。

「もう少し上……いや、こっち……あっ、そこ……そのまま……」

彼女の声に従って、言われてはじめてわかるほどの小さな窪みに先端がはまる。

肉刀をふたりで握り、処女への入刀式がはじまった。

腰を慎重に押し出して、陽根を女陰に潜らせる。

濡れた亀裂をくぐると、あらゆる方向から粘膜が迎えてくれた。

綿のように軽やかな女肉と擦れながら、奥へと突き進む。

五ミリ、一センチ、二センチ……とゆっくり肉洞を開拓するうちに、深さに比例して美咲の嬌声《きょうせい》が大きくなる。

「アッ……アンッ……アアァッ」

その声はただ感じているというわけではなく、悲鳴にも似ていた。

このまま挿入できそうなので、左手を肉棒から離す。そして、彼女の右手を握る。

決してその手を離すまいと、指の股を重ねてギュッと締めた。

「たぶん、もうちょっと……もうちょっとだから」

臣斗から声をかけると、美咲はどうにか片目を開け、小さくうなずき返す。

行き止まりのようなものを感じ、ゆっくり股間をよせた。

突如、扉を乱暴に開けたような解放感があり、ずるりと奥へ滑る。

「アッ、ウウゥッ」

前歯で下唇を嚙み、苦悶《くもん》の表情を浮かべて臣斗の手を強く握り返した。

肉棒は根もとまで女肉に埋もれ、秘境を踏破する。まさしく身も心もひとつになり、しかも彼女の人生で唯一認められた男であることに優越感すら覚えた。

とはいえ、目の前で理知的な顔を歪めているのを見れば、そんな満足も消し飛ぶ。

「痛いですか」

「さっきは確かに痛かったけど、今はそうでもないわ。ただ、刺激が強すぎてよくわからないの。さっき気持ちよくしてくれたから、今度は気持ちよくなって」

美咲は薄目を開けて微笑んだ。

白い頬は紅潮し、顔は汗だらけになり、すでに疲弊しているようにも見える。

(無理させちゃっているのかもな。でも、中途半端に中止したら、それはそれできっとお互いに気分が悪いだろう。ここは先輩に甘えさせてもらおう)

「なるべくやさしくするんで、無理そうなら教えてください」

小さくうなずくのを見て、臣斗は抽送を開始した。

狭いソファ、不自由な姿勢、さらに初体験と悪条件がそろっている。

結果として、スローペースの腰遣いが精いっぱいで、無茶はできなかった。

抜けないようにおそるおそる腰を引き、ゆっくり腰を押し出す。

ただ、それでも肉棒の出し入れは、やめられそうにはない。

「先輩の中、すごくヤバい」

自慰でも触れない亀頭の表面が、極上の柔肉と擦れる。

亀頭をヌルッと撫でられると理性は快楽で蝕《むしば》まれ、さらなる欲望を募らせた。

「キミのもすごい。どんどん硬くなっている……アウゥッ」

美咲の言うとおり愚息はかつてないほどに興奮し、パンパンにふくらんでいた。

初体験を迎えて息巻き、同じく初体験の狭い肉穴と擦れてさらに硬さを増す。

美咲の奥深くを突き刺し、小刻みに奥へ奥へと掘削を続ける。

そのたびに女肉は軽やかに包んで迎えてくれた。

「もう、あんまり……保《も》ちそうに、ないです」

ビデオ男優みたいに激しく腰をふったわけではなく、どちらかといえば気持ちよさのあまりに腰は引きぎみだったが、それでも息が上がっていた。

息苦しいのは美咲も同じで、かぼそい顎を上げて呼吸を荒らげる。

「ねえ。ひとつだけ、お願いを聞いてくれたら……そのまま出してもいいわよ」

そのまま出すとはつまり、全男子憧れのナマ中出し以外の解釈の余地はない。

魅惑的な提案で声に出すより先に、屹立がギュンと引き攣ってしまう。

「アァン。ずいぶん元気でゲンキンなオチ×チンね。まったく……」

「それで先輩、お願いってなんですか。なんでもやります」

「それよ、それ。それをやめて」

訳がわからず首をかしげると、美咲は続ける。

「今だけでいいから、先輩って呼ぶのをやめてくれないかしら」

「えっと……美咲先輩？」

「ダメ」

「それなら、美咲さん？」

「うーん。悪くないけど、もうひと声欲しいわ」
年上の女性に失礼な感じがしなくもないが、選択肢は限られている。
「み……美咲？」
緊張しながらも呼び捨てにすると、ポッと頬を赤らめてうなずいた。
切れ長の色っぽい目は、いっそう潤んだように見える。
募りに募った感情が爆発寸前にまで高まり、もう我慢できなかった。
(名前を呼んだせいかな。オマ×コがすごく狭くて気持ちいい)
ラストスパートに向けて抽送を再開した。
狭い肉路が四方八方から押しよせ、ペニスをギュッと締めつける。
無防備な男性器から精を搾ろうと蠢き、性感が棹を伝って睾丸《こうがん》の奥がムズムズした。
腰をわずかに引いて、強く押し出す。肉棒の先は、彼女の胎にめりこむ。
「み、美咲……うぅっ、みさ――んんっ」
彼女は下から腕を伸ばし、臣斗の頭をよせた。顔が迫り、ふたりの唇が張りつく。
彼女の薄めの唇は、荒い呼吸をしていたせいか少し乾いていた。
唇を押し当てるうちにどちらからともなく唾液が滲み、潤いを与える。
すべりをよくした唇は、扁平《へんぺい》に形を歪めて密に触れあう。

（美咲、美咲、美咲……）

無我夢中で彼女の名前を念じ、性感に溺れた。

唇と性器で触れあうと、甘い刺激がふたりの肉体で循環し、性感の圧力を高める。

濡れそぼった肉穴に骨抜きにされ、同時に愛おしさを募らせる。

「んっ……美咲……好きです」

「私も……愛している……ねえ、ちょうだい」

美咲の腕が臣斗の背中にまわり、身体を引きよせた。

上から押しつぶすように身体を重ねると、亀頭がさらに奥に潜る。

男根は甘い痺れに包まれ、回帰不能点をすぎた。爆発までのカウントダウンがはじまる。

咄嗟《とっさ》に美咲の華奢な背中に腕をまわし、頰を重ねて抱きあう。

ゆっくり互いの肉を捏《こ》ね、愛情を高める。

美咲の奥を貪欲に貫いて、ふたりのつながりを少しでも深めた。

「ごめん……そろそろ耐えられない」

「も、もうダメえ……壊れちゃいそう」

甲高い泣き声とともに、彼女の荒い呼吸に耳朶をくすぐられる。

その瞬間、我慢は限界を迎えた。

肉棒が強靭《きょうじん》に脈打つと同時に、子宮めがけて煮えたぎった精をしぶかせる。

精を解き放つたびに、痺れるほどの性悦と、高いビルから飛び降りたかのような浮遊感とが交互に押しよせた。

「うぐっ……うぅぅっ」

嗚咽を噛みしめ、全身を軋ませながら愛しい人を強く抱く。

幾度もナマ膣にスペルマを射出し、恍惚《こうこつ》の波間を漂う。

肉棒が脈打つ間隔がひろがるにつれて、短い至福の痺れが薄れる。

ゆっくり顔を上げると、美咲がまぶしそうに両目を開く。

「先輩、最高の初体験でした」

唇を重ねようとしたが、彼女は人さし指を挟んでキスを阻む。

「残念。やりなおし」

「……美咲、最高の初体験だった」

「私もよ。ほら、お互いはじめてでよかったじゃない」

彼女からも唇を少し突き出し、ふたりは小鳥がついばむような接吻をくり返す。

清々しい朝の目覚めのようなひとときを迎えた。

3

「ウチの三年生はおかしいよな」
臣斗も思ったことを顧問が口にした。
合宿は三日目に突入し、午前中は史跡をめぐった。午後はテニスの予定だ。
部活とは関係ないが、歴史や体育とは関係あるので、教師も容認している。
(確かにおかしい。こんなことなら去年も参加すればよかったかな)
臣斗たち二年生や一年生は、服は量販店の汎用的なウェアで、道具はレンタルする。
ところが三年生たちはみな経験者らしく、自前のラケットやウェアを持っていた。
(やっぱり美咲……先輩はいいな)
昨日のこともあって内心名前で呼んでみが、やはり難しかった。
美咲は運動とは縁遠い感じがするものの、子供のころにテニスをやっていた。
その延長で今も趣味として続けているらしい。
頭にはサンバイザーをかぶり、今はトレードマークとも言える眼鏡をかけていない。
目もとを隠すものがないのは新鮮で、昨日のこともあってドキドキする。

服装は白いポロシャツにプリーツの利いたミニスカートとクラシカルな装いだ。

ミニスカの下にはアンダースコートを穿いているのだろう。

学校では膝下までスカートで隠すのに、今はふとももを惜しげもなくさらしている。

セクシーな服装に妄想は留まることを知らない。

(先輩と試合したいな。いや、ダブルスでうしろから見るのが役得か。せひともパンチラを拝みたいものだ)

美咲以外の三年生もそれぞれ個性的な格好なので、眺めるだけでも楽しそうだ。

ちなみに、美咲と仲のよい夏奈は、セパレートの水着に似たトップスと、スリット入りのミニスカートだ。上下を紺色でそろえ、臍《へそ》を出した格好が夏らしい。

こんなに楽しそうなのに、当の美咲はやや眉間に皺をよせて不機嫌そうだ。

臣斗と視線が合うと、彼女は小さく手を上げる。

「先生、すみません。体調がよくないので、やっぱり休ませてください」

「山の中だから身体が環境の変化に追いつかないのかもな。必要なら車を出すぞ」

「いえ、少し休めば治まると思います。ひとつ言うなら、誰か——そうですね、新見くんを残してください。買い物を頼みたくて」

「おう。新見もいいよな」

臣斗本人の判断を待たずに返事をしているあたり、もはや決定事項のようだ。

もちろん、病気の美咲をほったらかして遊ぶつもりはない。

「ええ。構いません」

ふたりの関係を知らない夏奈は、美咲の体調よりもふたりが残ることを心配していたが、教師の引率で部員はテニスコートに向かった。

改めて美咲と相談する。

「風邪ならひきはじめが肝腎なので、感冒薬を飲みましょう。僕が持っています。コンビニで栄養ドリンクとか買ってきます。先輩は温かい格好で寝ていてください」

「その前にちょっと鍵をかけてきて」

言われるまま玄関まで行ってしまったので指示に従ったものの、意図が不明だ。

リビングに戻ると、美咲はソファに座っていた。

「あなたも座って」

「まず熱を確認しましょう。体温計を――」

臣斗がソファに腰を落とすと同時に、美咲が腕に抱きついてくる。

「計らなくてもわかるわ。私、あなたにお熱なの……」

さすがに、鈍い臣斗でも話が見えてくる。

「仮病はマズいでしょ。みんな心配そうでしたよ」

「仮病じゃないわ。身体がキズものになれば、体調が崩れるのは当然でしょ」

「……嫌みですか」

「私のバージンを奪ったのよ。あなたにはそれなりに責任取ってもらわないと」

そう言って、臣斗の腕に強く抱きつき、顔を真っ赤にした。

(自分で行動しているのに恥ずかしがるなんて……意外とかわいらしいな)

さすがに本人には伝えにくかったので、違う言葉を探す。

「でも合宿中じゃなくても、よかったんじゃないですか。夏休みはまだまだ続くんですから、いくらでも会えますよ」

美咲は、ハァとあからさまな溜息をつく。

「これだから二年生は困るのよね」

そのひとことでさすがに気づいた。

三年生の美咲は受験生で、夏休みは受験に備える大事な期間だ。

「そういえば、先輩はどこを受験するんですか」

「私は親からひとり暮らしを反対されているから、××大よ」

県内の国立大学の名前を聞き、臣斗は安堵した。

かつて義姉とは半強制的に離別させられた。進学という人生にかかわる重大な岐路とはいえ、喜んで見送ることはできず、叶うならそんな思いはもう二度としたくない。

「先輩ならきっと合格できますよ」

「どうかしら。これからの追いこみ次第ね。あなたも受ける？」

「まだ志望校決めてなかったので、志望校が決まりました」

「今の成績だと厳しくないかしら。期末、赤点ギリギリだったんでしょ」

「先輩を追いかけます。まずはみんなに追いつくところからですけど」

「いっしょにがんばりましょう、合宿が終わってから……」

美咲は臣斗に甘えるように身体に密着させ、顎を上げた。

臣斗は顎を引き、唇をよせる。彼女の吐息で唇の先がくすぐられた。

「つまり、合宿の間は猶予期間ということですね」

唇の先がやわらかいものに触れ、そこから多幸感がひろがる。

（このままでいたい）

うっとりした気持ちでそう思う一方で、徐々にもの足りなくなる。

もっと深く彼女とつながりたい。明確な欲望がうずまき、ドクンと身体が疼いた。

額を押し当て、鼻梁《びりょう》を擦りあわせる。美咲と肌で触れあっていた。

彼女と同じ時間をすごすことを実感するうちに、劣情が急速に強まる。

ちゅっ、ちゅぷ、ちゅぅっ……。

美咲の唇を吸い、ときに吸われ、リビングには短い吸着音が響いた。

口唇が密に触れ、それだけではもう耐えられなくなる。

とつぜん性感が腰にひろがり、ウッと呻いた。

暴発したのではないかと心配したが、そうではなかった。

美咲は臣斗の下腹部に手を添えていた。

スポーツ用のハーフパンツは布地が薄く、男性器が直立しているのがまるわかりだ。

細く長い指を屹立にかぶせ、棹にそってゆっくり上下に揺らす。

「ウフフ。どうしてこうなったの」

「そりゃ先輩のテニスウェアを見てキスしたら、とうぜん興奮しますよ」

「ほかの女子たちもけっこうセクシーだったけど」

華奢な手は肉棒をしっかり握らず、その表面で軽くスライドした。

軽やかな刺激に誘われて、男根はギュンと跳ねる。

「やっぱり。ほかの子もエッチな目で見ていたんでしょ」

嫉妬される優越感に浸りたいところだが、誤解がこじれると大問題になる。

「あれだけ肌を露出した格好を見たら、男ならイヤらしいことを妄想しちゃいます。でも、先輩がいちばんです。男子を誘惑しているんじゃないかって嫉妬するほどでした」

「本当かしら」

「もちろん。フォーマルなテニスウェアに、先輩の白い肌がよく似合っています。それに眼鏡をかけていないのが新鮮です」

そこまで言うと、美咲はやっと満足そうに微笑んだ。

「喜んでくれたみたいでよかった。さっきからチラチラ見ているけど、気になる？」

問いながら、プリーツの利いたミニスカートの裾を少し持ちあげた。

高級な磁器にも似た白い肌をのぞかせる。

日焼けとは縁遠そうな純白の肌は青さを帯び、高貴な印象を与えた。

裾の奥に目を奪われつつ、口に出すより先に首肯してしまう。

それを見て、美咲が少しイジワルな表情で笑い返す。

「しょうがないわね。どういうふうに見たいの」

ふと、臣斗は昨日のことを思い出す。

（あんなに見られるのをいやがったのに、今日はどうしたんだろう……そうか。テニ

スの予定があったから、たぶん昨夜のうちに処理したんだ）

美少女の剃毛《ていもう》に興味を惹《ひ》かれ、ぜひとも詳細を聞きたいところだ。

しかし、それを聞き出すことは、考えるまでもなく困難だろう。

そのかわり、全男子が興味を抱くことを頼むことにした。

ふだんなら絶対断られるだろうが、今の淫靡《いんび》な雰囲気に乗ってチャレンジする。

「寝転がるんで顔を跨いでください」

「えっ。スコートを捲られるくらいは予想したけど、ちょっとドン引きしそう」

美咲の言葉から判断を誤ったことを悟った。

再度説得するか、冗談で済ませて別の要求に切りかえるかを高速で検討する。

判断は難しく、結論を導くよりも先に、美咲は話を続けた。

「でも、かわいい後輩にしてカレシのお願いだもの。聞いてあげないとね」

嫌々といった雰囲気を醸しながらも寛大な審判が下り、臣斗は嬉々《きき》としてフローリングに寝転ぶ。チャンスタイムの到来だ。

「気が変わらないうちに早くお願いします」

「急《せ》かさないでよ……まったく」

美咲が立ちあがった。文句を言いながらも満更でもないのか、少しニヤけている。

スコートを押さえながら、上からのぞきこんでいる。

「それじゃあ、行くわよ」

臣斗の左側で美咲が右足を浮かせた。靴下の裏が視界を横切った直後、ソックスよりも白いふくらはぎ、そしてふとももが通過した。

「おおおぉっ」

腿の向こうはスコートの影だったが、純白のアンダースコートがはっきりと見えた。形状としてはブルマにも似たモコモコしたパンツをフリルで飾ったもので、いかにも女子らしくかわいらしい。

量感のある腿の付根が交互に動き、スコートの裾を軽やかに揺らしながら、小ぶりなヒップが視界を横切る。

「急に叫ばないでよ。心臓が止まるかと思ったわ」

声こそ怒りぎみだったが、大きな声が恥ずかしさの裏返しに思えた。

臣斗は今の光景を脳裏に焼きつけようと必死だ。

「やっぱりお願いしてよかった。テニスウェアはプレー中のパンチラこそ王道ですが、普通は絶対に見られないこの角度にもなかなか抗えない魅力がありました」

「しょせんはアンスコなのだから、見せパンと同じじゃないのかしら」

「見せパンだろうが、女子のパンツという点ではいっしょです」

「ずいぶん熱心に語るじゃない」

「男のロマンです。ロマンついでにもうひとつお願いしてもいいですか」

「今度はなに。あんまりヘンなことはやらないわよ」

「僕の顔を跨いだまま、しゃがんで座ってもらえませんか」

下品きわまりないリクエストを聞いて、美咲は顔を真っ赤にしている。

「もしそれも男子のロマンだとしたら、男子ってロクなこと考えないのね」

ぶつくさ文句を言いながらも、彼女は再び跨いでくれた。

真っ白な二本の足が視界の左右から柱のように伸び、ヒップを支えている。

臣斗の視線の上部に尻のまるみが見えた。

「じゃあ、行くわよ……本当にいいのね！」

負け惜しみのように言いながら、スコートの裾が軽やかに揺れた。

真上から純白のアンダースコートに包まれたヒップが徐々に迫る。

はじめは視界の一部でしかなかった臀部がだんだんと大きくなり、天井が落ちてくるかのような迫力を備えた。ハートにも似たヒップから重量を視覚で感じ、しかもそれが恋人のものとあってなおさら魅力的だ。

「これはすごい。先輩のお尻がどんどん迫ってくる。おぉ……」

おそらく相撲の蹲踞《そんきょ》のような姿勢なのか、臀部の面積が大きくなるにつれ、ふともが左右に大きくひろがる。そして尻に視界を占められたかと思いきや、焦点が合わないほどにまで迫り、アンダースコートが鼻先をかすめる。

「苦しかったら言うんで、座ってください」

「それでいいのね……重くっても知らないんだから……アッ」

捨て台詞《ぜりふ》のように告げた直後、本格的に顔に乗ってきた。

額は豊かな肉塊と密着し、鼻頭は圧力で潰されながらも股間の中央に埋もれる。

運動前のウェアなので汗臭さはなく、むしろ柔軟剤の芳香が残っていた。

(うわっ……なんだ、これは!)

視界は塞がれたものの、顔全体で先輩の肉感を堪能《たんのう》した。

鼻頭はアンダースコートにめりこみ、額も頬も大きな肉と密着する。

臀部の筋肉と脂肪が圧倒的な反発を生み、顔面にムッチリした弾力を伝える。

塞がれた鼻から息を吸うと、芳香とその奥に隠された秘部の匂いが鼻腔《びこう》にひろがる。

ヨーグルトにも似た少し酸味のある匂いだ。

至福のあまり理性を奪われ、このまま天国に導かれてしまいそうだ。

「アッ……ンンッ……や、やっぱりダメ。こんなの恥ずかしいわ！」

美咲は体重をかけるのをやめ、ゆっくりと腰を上げた。

一度立ちあがり、臣斗の顔の横に両膝をつき、上からのぞきこむ。

「顔が少し赤くなっているじゃない。大丈夫？」

日常では味わえない陶酔を失ったのには寂しさすら覚えたが、呼吸すると酸素が脳に流れたのか意識がハッキリし、いまさらながら後頭部が痛いことに気づく。

夢中のあまりに意識しなかったが、あのままだったら本当に天国に行っていたかもしれない。好きな女性とはいえ、尻の下で失神したら末代までの恥だ。

気持ちをあらため、身体を起こして美咲の唇にチュッと短くキスをする。

「助かりました。じゃあ、今度はそこに立ってもらっていいですか」

目線をダイニングテーブルに向けた。

美咲も期待しているのか、少し頬を赤らめて小さくうなずく。

テーブルに手を乗せ、馬跳びの馬のように腰を突き出してもらう。

「今日は見ても大丈夫ですよね」

問いかけると、今度も黙って首肯する。

プリーツの利いたスコートを捲ると、中がまる出しになった。

「これだけでもかなりエッチだ」

アンスコを堂々と拝める機会はなかなかないが、今の狙いはもっと秘めたものだ。

「じゃあ、脱がしますからね」

美咲の背後に膝をつき、彼女のウエストに指をかけた。

美咲は「アッ」と小さく漏らしたが、いやがるわけではないようなので、アンスコごと下着を一気に下ろす。

「おおぉっ。すごい……」

左右にふくらんだ尻たぶはキュッと窄まり、豊かでありながら無駄を感じさせない。尻は冴《さ》えざえと白く、墨絵のようななめらかな曲線を描いて臀裂に影を作る。

(これがオマ×コか)

股間のやや前面、両腿の間で影となる部分に男を狂わす淫泉があった。

亀裂は左右から小さな襞に覆われ、全体的に幼い感じがする。

幼女とは違い、ほの暗い隙間が涎を垂らしたかのように濡れていた。

花蜜に誘われた蜂のようにフラフラと引きよせられ、問答無用で唇を押し当てる。

「れろれろっ……おいしいです、先輩のマン汁……れろっ」

「ちょっ、ちょっと……いきなりすぎ……アァン」

ヒップを掲げたまま、美咲はビクンビクンと震えた。

舌で亀裂を捲ると、内側にたまっていた淫蜜がとろりと溢れ、舌を湿らせる。

それを潤滑剤として舌先を亀裂にそって前後にスライドさせたり、陰核を転がす。

「怖い……気持ちいいのにふわふわして、少し怖いわ……アァ……」

背後からなので障害物もなくくちづけできたためか、美咲の反応は悪くない。

ただ背後からでは舌を目いっぱいに伸ばさなくてはならず、舐めにくい。

(よし、やってみるか)

クンニリングスだけではなく、指も追加する。

陰唇を舐めながら、人さし指をクレバスにあてがう。

はかなげな陰唇を指先で愛撫するうちに、淫水が石清水のように滾々《こんこん》と湧く。

「ハァン……どうしたの、さっきよりも激しい」

「力は入れないから心配しないで。でも、もし痛かったらすぐに言って」

亀裂を慎重に裂いて、ぬかるみに指先を潜らせた。

ヌプッと湿った音を漏らしながら、粘膜質の肉が迎えてくれる。

(おぉっ。温かくて、やわらかい。しかも、入口がギュッて締めてくる。こんなところにチ×ポを入れたら気持ちいいに決まってる)

神秘の肉洞を探検した。頰の内側に似た弾力のある壁に迎えられる。無数の襞でもあるのかと思うほどに、女肉が複雑怪奇にからんでくる。しかも直線なのかと思いきやゆるく湾曲し、深さによって感触も違う。慎重に媚肉をかき混ぜた。

（ここ……やっぱりここだ。少しザラザラしている。数の子天井とかいうやつかな）

指を曲げると、お腹の裏側あたりには、小さな突起がいくつも並んでいた。そこをやさしく撫でると、目の前で白い臀部がビクンと大きく跳ねる。

「アッ。無理……本当にダメ……アァッ」

甘い悲鳴を聞き、いっそう気持ちは猛った。

美咲が果てそうなのを察し、俄然やる気が高まる。

（このまま先輩をイカせたい！）

だが、美咲が臣斗の手首をつかみ、明確に侵入を阻止した。

美咲に目を向けると、サンバイザーをかぶった額からは汗が幾すじも滴り、額に黒髪が張りついていた。実際にテニスをしたわけではないのに運動直後のように頰を火照らせている。潤んだ瞳がなんとも色っぽい。

「私ひとりなんていや……いっしょがいい。お願い、来て……」

そこまで言われて応えなければ、男が廃るというものだ。

立ちあがり、ジャージとパンツを一気に下ろした。

股間の肉槍がブルンと跳ね、準備万端であることを訴えていた。


(おかしいわ。昨日はあんなに痛かったのに……)

昨日、後輩に処女を捧げた。

自分の体内に異物を受け入れることに違和感もあれば恐怖もあった。

話に聞くとおり痛みもあった。

夜も下腹部がジンジンと疼き、眠れなかったほどだ。

だが、ひと晩明けて違和感が薄れると、臣斗が恋しくてたまらなかった。

愛しい人と紡ぐ特別な時間がもたらす多幸感を知ってしまったら、その甘美な刺激を欲せずにはいられなかった。

(たぶん、これが女の幸せというものなのね)

美咲も健全な若者だ。自慰ぐらいはしたことがある。自分の感じやすい場所をよく知っているだけに、性感だけを言うなら自慰のほうが上かもしれない。

しかし、愛しい人と身体を交え、同じ時間を刻むと、それ以上の幸福を得られた。

「こんなに大きくしちゃって……そんなに挿《い》れたいの？」

股間の男性器が鋭い角度で見あげ、獲物を狙っているかのように見える。

パンパンに張った肉槍は見るからに武器を想像させ、とても禍々《まがまが》しい。

同時に逞しさを感じさせ、男としての頼りがいのようなものを覚えた。

（どちらかといえば嫌っていたのに、まさか恋人になるなんて……）

臣斗は美咲とは違いすぎた。

年下で、昼食は雑で、生意気で、成績も悪いし、教師からの信頼もない。

家庭環境にも原因はあるのだろう、管理されないかわりに自身の判断で行動する。

子供のころからずっと母親に管理された美咲からすれば、否定したい生き方であり、同時に羨望以外のなにものでもなかった。

（ねえ、私を自由にして）

左手をテーブルに乗せたまま、右手をリレーでバトンを渡すようにうしろに伸ばすと、背後から握り返された。

互いの指股を深く食いこませ、触れる面積をひろげる。

「行きますよ……先ぱ――美咲」

名前で呼びなおすと、姫口に肉柱を押し当てられた。

クチュとわずかに湿った音を響かせ、臣斗がゆっくり侵入する。
膣壁を押しひろげ、狭い肉路をこじ開けながら奥へと迫った。
背すじがゾクゾクとわななき、考える余裕すら奪う。
（アァン……意識が飛びそう……）
媚肉がヌメヌメと擦られ、圧迫感が肉体の奥へと送りこまれた。
二度目に男性を迎えて鈍痛もあれば、息苦しくもある。
勃起が奥へ向かうにつれて強い刺激が神経を走り、意識が断たれてしまいそうだ。
尻肉が背後から無残に押しつぶされ、重圧がかかる。
「ここが、いちばん奥です。わかりますか……うぅ」
声とともに肉棒を震わせながら、臣斗が腰を押しつけて手をキツく握った。
美咲は立ったまま腰を捻《ひね》る。
「ええ。オチ×チンが私の中でドクンドクンと疼いている……ンッ」
臣斗は黙って顔をよせ、唇を塞いだ。
やわらかなふくらみは、互いの想いを乗せて重なり、張りつき、蕩ける。
「先輩のオマ×コだって、キュウキュウ締まってきてヤバいです」
接吻をくり返しながら、抽送を浴びせられた。

わずかに腰を引き、体重を乗せて尻を潰すたびに、自分だけの居所を美咲の中に求めるかのように肉路を奥深くまで切り開く。

ズンズンと奥深いところに無遠慮に圧力をかけてくる。

そのたびに、頭の中でまばゆいスパークが飛び散った。

「ダメ、本当におかしくなっちゃう」

瞼の裏がチカチカと瞬き、首すじが痺れる。

いよいよ追いつめられた。

媚肉をかき混ぜられると、神経を直接なぶられたかのような強い刺激が迸《ほとばし》った。

それを唇からやさしく吸い出され、性感が脳天に向かって駆け抜ける。

臣斗も力任せに美咲の手を握り、腰の打ちつけも乱暴になってきた。

リズムもへったくれもなく、ひたすら奥を目指して掘削し、女体がかすかに軋む。

「ダメよ……そんな……お願い……もう、私……」

「すごい締めてくる。もう我慢できない……ウッ」

臣斗が息を切らすと同時に、膣内の摩擦が変わった。

熱い粘液が射出され、それを肉棹で奥へ奥へと押しこむ。

ヌメリを得たため、互いの性器はいっそう軽快に擦れる。

「ウ……ウウゥ……ザーメンを美咲の中に注げて幸せだ」

身体を何度も弾ませながらも、腰は止まらず精液を子宮に向けて注いだ。

（これ違う……ひとりエッチするときとぜんぜん違う……ダメ、私もイッちゃう！）

自分の体温よりも熱いものが奥深くに届き、女体が爆《は》ぜる。

理性はエクスタシーに蝕まれ、視界は白一色に染まった。自慰では感じたことのない膣内での絶頂があまりに強く、臣斗の手を握り返し、必死に足の指先に力をこめる。

（私も……私も幸せよ……）

息苦しさのあまり言葉にすることはできなかったが、唇を突き出して臣斗に触れた。

鼓動の大きさが徐々に落ちつくにつれて意識を取り戻し、疲労感が噴き出した。

それは彼も同じらしく、背後で少しよろけた。

「アッ」

ふたりの身体をつなげていたペニスが抜け、ふたり同時で声をあげた。

肉穴の栓が抜け、ボタボタと白い粘液が滴り落ちる。

ふと顔を上げると、それを注いだ臣斗と目が合ってしまい、ちょっと恥ずかしい。

「たくさん出したみたいね。満足してくれたかしら」

「最高です。こんなに気持ちいいとは思いませんでした」

「違うわ。あなたに聞いたんじゃないの……このコに聞いたのよ」

臣斗の足もとで腰を屈め、フローリングに膝をついた。

目の前には男根がある。これほどの至近距離で見るのは、はじめてだ。

(昨日は怖かったから無理だったけど、今日ならがんばれそう……)

皮の剝けた大人の男性器はいまだに天を見あげていたが、先ほどほどの角度ではない。たぶん射精したので、やわらかくなろうとしているのだろう。

とはいえ、上向きの肉棹は、白い粘液や細かい泡にまみれていた。

「えっ……これってまさか……超うれしい」

臣斗も察したのか、歓声をあげた。

その期待に応えるべく、美咲は背を伸ばして鼻先をよせる。

「男の子ってこういうのが好きなんでしょ。ネットに書いてあったわ」

言い訳がましく告げたあと、我慢しきれずに深く息を吸う。

夏の草むらにも似た青い香りが立ちのぼり、鼻の奥がツンとした。

舌を伸ばして亀頭の裏側から溢れた精液をすくい、牡《おす》の槍先にあてがう。

レロレロと舌を這わせるうちに、滋味がひろがる。

「ずいぶん苦いのね。それに匂いもキツい。でも、クセになりそう」

「おぉ。美咲先輩にお掃除フェラしてもらえるなんて、感激です」

「ちょっと喜びすぎよ」

「かわいらしい唇で奉仕してもらえるなんて、恋人冥利に尽きるってもんですよ」

思った以上に興奮してくれるとさすがにうれしく、アイスクリームを舐めるように舌先を剝き出しのヘルメットに這わせる。

ぬらぬらとするザーメンを舐め取っているうちに、肉棒が大きく引き攣った。

するとムクムクとふくらみ、硬さを回復させる。

「あら、こんなになっちゃったわ……どうする。もう一回する？」

臣斗は顔を真っ赤にして、力強く首肯した。

お互いに性格はだいぶ違うが、相性は決して悪くはなさそうだ。

第三章　黒い下着の人妻教師

1

「第一志望は冗談かしら」

担任の春山梨花《はるやまりか》は、フレームのない丸眼鏡をはずして溜息をついた。

淡いアクアブルーのブラウスの上に、白いカーディガンを羽織っている。

まだ二十代と若く、しかも性格はまじめで温厚なので、生徒からの人気は絶大だ。

そんな彼女ではあるが、進路面談の最中だというのに呆れているのが滲み出ていた。

こうなる予感はあったので、臣斗は正直に答える。

「冗談で書いたつもりはありません。本気です」

意志を確認したところで、梨花は眼鏡をかけなおす。

「あなたの受験ですから、志望校を変えさせるつもりはありません。ただ、目標が高すぎませんか。あなた自身がいちばんわかっているはずだと思います」

ぐうの音も出ない指摘だった。臣斗は高校入学以来、決して落ちこぼれではなかったものの、どうにか赤点を取らずに済ませ、空いた時間をバイトや趣味に費やした。

三年生になり、今まで勉強しなかったツケがまわってきた。

「一学期も終わっていないんですから、挽回のチャンスはまだあります」

「……そうね。可能性だけを論じるなら、試験の結果を見るまで誰もわからないと思うわ。ただ、現実を見て、計画を立てることも必要よ」

もう一度、大きな溜息を挟んで沈黙した。数十秒経《た》ってから続ける。

「まさか、お義姉さんと張りあっているわけじゃないでしょ。それとも、お義父さまの方針かしら」

家族に触れられ、返事に詰まった。

進路はしょせん自分の進路であり、教師には関係ない。そんな思いが強かったので、この面談は最初から話が嚙みあっていないし、合わせるつもりもなかった。

だが今の話を聞き、心境が少し変わる。

「先生は、僕の家族をご存じなのですか」

「ご存じもなにも、私、あなたのお義姉さんの担任だったのよ。お義父さまには三者面談でお会いしました。もちろん、ご家庭の事情もうかがっています」

臣斗は自分から家族のことを話したことはないが、梨花は言わずとも知っていた。

「あなたが入学するとき、お義姉さんからメールをもらったの」

人づきあいのよい義姉ならば、担任と親交があっても不思議ではない。

「先ほどの言い方に納得しました。それでその質問ですが、僕はその学校に進学したい、ただそれだけです。義姉も義父も関係ありません」

担任はまた溜息をつき、三年生第一回目の進路相談はお開きとなった。


臣斗は自分の椅子の上で大きく伸びをした。

バイトを辞め、趣味を控え、家事を減らして時間を捻出しても、もともと勉強する習慣がなく、机に向かうのは想像以上に苦痛だった。

(やっぱり義姉さんはすごかったんだな)

彼女がいつから受験に備えていたのかは定かではないものの、すべての受験校に合格する学力があった。

高校三年生を迎える直前の春休みのことを思い出す。

義姉が帰省、義父も帰宅し、正月以来久々に家族がそろった。

話題の矛先は来年度受験生の臣斗へと向けられた。

——もう志望校は決まったのか。

義父は学校や家庭のことに口を挟まなかったが、さすがに気になるようだ。

——実はまだなんだ。家から通える学校がいいのかな。

自分ひとりでは学費や生活費を払うのは難しく、家長に頼らざるをえない。

義父は即答せずに晩酌のビールで唇を湿らす。

——それに越したことはないが、将来を決める選択だ。おまえの好きでいい。本当に行きたい学校があるなら、浪人したって構わない。

義父の言葉に申し訳ない気持ちでいっぱいになる。

ただ、将来をしっかり考えろと言われた気がした。

今度は義姉が口を開く。

——でも、入学してからやりたいことを考えるのもありだし、進路で将来が決まるなんてことはほとんどないだろうから、難しく考えなくていいのよ。

——また臣斗を甘やかす。それだと先送りが続くだけじゃないか。

——あら、それでいいじゃない。お父さんだって別に高校生で今の仕事に就こうと決めたわけじゃないでしょ。学生時代のすごし方は人それぞれよ。

結衣はもっと肩の力を抜いても構わないと言ってくれたわけだ。

臣斗としては、義父を尊敬しているが、同時に線を引く傾向にあったので、このあたりは実の父娘《おやこ》ならではのフランクな遣り取りになるのだろう。

——そういえば結衣、臣斗が東京で暮らす場合、おまえのところに住めないか。

義父の口から出た提案は、青天の霹靂《へきれき》だった。

義姉が家を出て、ふたりが暮らす生活は終わった。

自分が仮に東京の大学に進学する場合、義姉とは別の所に暮らすつもりでいた。

ただ、ふたりは家族だ。いっしょに住んでも疑問はないし、家計面でも合理的だ。

その義姉が少し唇をとがらせる。

——どうかしら。建物は古いけど、間取りは広いから場所は作れるかもね。ただ、ウチの大学ぐらいしか近くないわ。学校の近くに部屋を借りるべきよ。

遠まわしに断ったが、絶対にだめとは言っていない。

臣斗はそこに賭けることにした。

義姉の母校に入学できれば、再びいっしょに暮らす口実ができるし、なにより義姉の横に並んでも恥ずかしい思いをさせることはない。

（義姉さん、ずいぶん大人っぽくなったよな……）

東京から移動してきたということもあるだろう、口紅をうっすら塗り、髪も中央から分けられ、まっすぐ肩まで下りている。以前より髪の艶が増し、髪が揺れるたびに天使の輪を思わせる光沢がひろがった。それに、髪を耳にかけたとき、耳朶に小さなイヤリングが煌めいた。

結衣は大学を卒業し、今や社会人だ。家を出て五年の月日が流れた。

美しさに磨きがかかっただけではなく、意識が変わっていても不思議ではない。

彼女が帰るべき家は今や臣斗の住む実家ではなく、東京のアパートだ。

物理的な距離だけではなく、時間の経過とともに精神的にも離れてしまう。

臣斗は意識を現実に戻し、机に向かいなおす。

この進路こそが、今の関係をリセットできるラストチャンスになると信じた。

2

「あなたもそうとう頑固ね」

担任の梨花は進路志望用紙を見るや、溜息を漏らした。

多くの生徒は目標面談の一回目で教師と合意するが、臣斗の場合、目標が高すぎて合意にはいたらなかった。合意できなかった生徒は二回目となる。

「先生は心配しないで大丈夫ですよ。受験するのは僕なので」

場の雰囲気を明るくするため軽く返したものの、かえって怒りを買う。

「そんなのは当然でしょ。極論を言えば、あなたが不合格だって私の知ったことじゃないわ。でも、あなたは私の生徒なの。可能な限り、あなたの志望を助けるのが私の役目よ。ところで、模試の判定はどうだったの」

先月模試が行われ、つい先日結果が返ってきた。

模試では志望校を指定すれば、合否の可能性を判定してくれる。

この問いにはさすがに臣斗も声を控えなくてはならなかった。

「……Eでした」

E判定は合格率二割以下を指す最低ランクで、つまりは門前払いを意味する。

「それが現実よ。あなたの志望する大学は、全国から優秀な学生が受験して、それこそ高校入学と同時に対策している生徒もたくさんいるのよ。今の判定を短い時間で覆すのは容易じゃないわ……それでも志望を変えないつもり？」

さすがに厳しい結果を突きつけられれば心は折れるし、合格に向かって適度な目標に改めたくもなる。そのほうが、効果的な対策も立てられる。

それは認識しているが、ここで折れてはならない。

臣斗にとって目標と現実のギャップは問題ではない。

「はい。変えるつもりはありません」

迷いのない返事を聞き、梨花はふたたび大きな溜息をついた。

そして、視線をはずして窓の外に顔を向けてつぶやく。

「やっぱり頑固者よ。姉弟だけあって、ずいぶん似るものなのね」

梨花は前回の面談でも義姉のことを話題にした。

そこまで言われると、臣斗としても少し気になる。

「義姉は家ではそういうタイプではなかったのですが」

梨花は顔をこちらに向けなおし、目尻をやわらかく下げた。

「彼女も頑固者でした。あなたと同じで、志望校は変えませんでしたし」

「それなら」

臣斗が割りこもうとしたが、梨花は口を噤《つぐ》まずに続ける。

「でも、彼女はずっと悩んでいました」

「悩んでいた？」

快活な義姉から想像できない単語が出て、思わず聞き返した。

梨花は臣斗の反応を見て、小さくうなずく。

「ええ。彼女は自分の進路のことをよく考え、よく悩んで道を選んだのよ」

「先生、義姉さんはいったいなにを悩んでいたのですか」

「言えるわけありません。悩んでいたことを伝えること自体、本来はルール違反だということくらいわかるでしょ。彼女は本校でも輝かしい結果を残しましたが、その道は決して平坦ではないことを知ってほしかったの」

義姉が悩んでいた、その事実に臣斗の胸は締めつけられる。

いちばん近くで見ていたはずなのに、まったく気づかなかった。

その一方、目の前の担任は義姉の信頼を得ていた。

信頼できなければ、義姉は悩みを相談しなかっただろう。

臣斗は家族以外の大人にあまり関心を抱いたことはなく、どちらかと言えば邪魔にしか思ったことはなかったが、目の前の担任が今までと違って見えた。

義姉が信頼したということは、とうぜん臣斗が信頼するに足る。

「僕は、子供のころからずっと義姉に支えられてきた。だから、今度は義姉の横に立って支えたい。ときに、先生みたいに義姉を悩みから解放したい」

ずっと己の内側で燻《けむ》っていた感情を矢継ぎ早に紡ぐ。

「どうすればそうなれるのか、きっと正解はないし、それが受験で決まるものではないのはわかっています。でも、結果として、たぶん受験が最短距離なんです」

「今の言い方……新見くん、ひょっとして結衣さんのことを……」

梨花は言葉を濁したものの、臣斗には理解できた。

「はい、たぶん僕は義姉を普通の姉以上に好きなんだと思います」

梨花は縁なしのまるいレンズの向こうで目を見開き、首を細かく左右にふる。

「えっ……ちょっと待って。それって……」

全部言わずとも内容を理解できたので、深くうなずいた。

梨花はショックを受けたようで、一度深呼吸を挟む。

「姉弟では結婚できないでしょ。それに結衣さんの気持ちも……」

「確かに義姉の感情や考えはわかりません。でも、少なくとも姉弟でも結婚はできます。普通の家族ではない僕だからこそ許されることです」

以前、義姉から結婚できないと言われたことがあるが、それが間違っていることを高校に入ってから知った。

養子手続きも関連するが、義理の姉弟が結婚したとしても、法律上は問題ない。

おそらく、義姉は勘違いしていたのだろう。

「あなた、校内におつきあいしている人がいるって聞いたことあるけど、その人との関係は問題ないのかしら」

痛いところを突かれた。今考えても苦しい。ただ、逃げるわけにはいかない。

「彼女とは自然消滅しました」

臣斗が二年生の夏、美咲とつきあいはじめた。

考えが食い違うことはあったものの、話しあい、よい関係を築けた。

ところが、受験の結果がふたりを裂いた。美咲は県内の公立大学を志望していたが、不合格だった。そのかわり、関西の難関私大に合格した。結果、彼女はひとり暮らしを許され、関西の大学に通うこととなった。

もちろん、はじめのうちはメールや電話の遣り取りがあったものの、もともと遠距離恋愛の備えはなかったので、今はなんの音沙汰もない。

「ぼ、僕が……もっと、しっかりしていれば……」

美咲が横にいてくれれば、義姉への想いが再燃することはなかったかもしれない。

結衣も美咲も失った事実を思い出し、傷口が開いた気がした。

面談中だというのに視界が滲んでしまう。

「もう大丈夫……大丈夫よ……」

遠くからやさしい声が聞こえ、徐々に意識を取り戻す。

花畑にいるかのような甘い香りが鼻腔を満たした。

(あれ……僕は……)

瞼をゆっくり開けて、身体を起こそうとした。

だが、両腕で大きなものを抱きかかえ、その腕を離すことができなかった。

腕の中のものは日干ししたばかりの布団をまるめたかのように大きくやわらかく、そのうえ温かい。腕を離そうとしても身体がそれを拒絶する。

触れていると悲しみが薄れ、日だまりの中を漂うような快さに満たされた。

「ああ、義姉さん……」

義姉に抱かれているような気がして、思わず漏らしてしまった。

だが、口にした直後に義姉がいるわけはないことに気づき、一気に覚醒《かくせい》する。

進路面談で義姉と美咲のことが話題になり、不覚にも泣いてしまった。

「落ちついたかしら」

声をかけられて、臣斗は恐るおそる身体を起こす。

自分が抱きついている相手が梨花であることを知り、慌てて手を離そうとする。

(僕はなんてことをしてしまったんだ)

だが、梨花は臣斗をギュッと抱きなおし、むしろ彼女自身を強く押しつける。

梨花は臣斗の頭部に頬を重ね、背中を抱き、顔を胸に引きよせた。

人肌の温もりに包まれ、不安定だった気分が少しは平静を取り戻す。それどころか触れあう場所から彼女の慈しみが染み、心の傷が癒《いや》される気さえする。

朗らかな声は、天女さながらに聞く者の気持ちを安らげる。

「急に動くと危ないわ。まずは深呼吸して」

天の声に従うかのように言われるがまま、ゆっくり息を吸う。

目の前はブラウスの襟もとで、細い首から続くデコルテに深い窪みがあり、その下はさらに深い闇からやさしい香りが漂う。ラベンダーだろうか、甘い芳香の中にほのかに爽やかな匂いが混ざっていた。

「いきなり泣くから少し驚いたわ……でも、大丈夫よ。ツラいことがあるなら、相談に乗るから。あなたは家庭の事情もあるから思いつめるのはダメよ」

梨花の手は幼子をあやすかのように、ぽんぽんと軽く背中をたたいた。

（このところ勉強でずっとひとりだったから、情緒不安定だったのかもな）

以前、美咲からメールをもらって孤独を癒されたことがあるのに、孤独に陥っていた。今さらながら部活やバイトの些末な会話にも意味があったと気づく。

受験勉強で自分を追いこみすぎたのかもしれない。

そして、もうひとつ重要なことに気づく。

（これ……先生のおっぱいの匂いを嗅いでいるんじゃゃ……）

なにしろ鼻頭が胸に埋もれているのだ。

意識がハッキリしはじめたというのに、ふくよかな乳谷から男を虜《とりこ》にする香気が漂い、成熟した女の香りに脳を犯される。しかも、鼻梁はやわらかな谷間に挟まれ、極上の感触を堪能した。蟻地獄《ありじごく》に堕《お》ちた蟻と同じで、先生の胸の谷間にはまった鼻が抜け出すのは困難を極めた。

（ヤバい……先生が欲しい……）

己の中で急速に欲望がふくれあがった。

女体からは、牡を惹きつけてやまない強烈なフェロモンが滲んでいる。

だが梨花は担任であり、義姉が信頼した人物だ。さらに言うなら、すでに結婚しているはずだ。絶対に迂闊《うかつ》なことはしてはならない。

しかし何重にも課された禁忌であっても、最上級の果実を味わってみたかった。

(ダメだ。ダメだ。絶対にダメだ)

念仏のように唱え、平静を保とうとした。

暴力的なまでの衝動を堪えなくては、なにをしでかすかわからない。

とても残念だが、身体をゆっくり起こして、梨花から離れようと決めた。

だが、生徒思いの担任は臣斗を抱いたまま、やさしい声をかける。

「そこまで結衣さんが好きなのね……わかったわ。こんなの絶対に許されないのだけど……お義姉さんにはなれないけど、今日だけは甘えていいわよ」

罪人に対する恩赦のような寛大な提案に、顔を上げていた。

顔を上げると梨花と視線が合い、彼女はやわらかく微笑む。

「このままではあなたが潰れてしまうわ。だから無理せず、きちんと息抜きをして。それと、あなたは決して独りきりではないことを覚えておいて。いい?」

「先生!」

「キャッ。そんなに慌てなくても逃げな――ンッ……」

狂おしいまでの劣情に昂《たかぶ》り、彼女の唇を塞いだ。

美咲との関係が自然消滅して以来、実に久々のキスだ。

心の中にポッカリと空いた穴が徐々に埋まり、勇気が湧く。

梨花は一瞬唇を離す。

「絶対に秘密だし、今日だけよ……」

恥ずかしそうに告げる彼女の唇を塞ぎ、今度は舌を突き出した。

ふっくらした唇を裂き、さらに奥へと挿しこむと、ヌメるものに迎えられる。

唇を押しつけたまま、ふたりの舌は二匹の蛇のように卑猥にからみあう。

じゅるっ……ぬちゃ……れろれろっ……。

舌は互いの口腔を行き来し、それだけではもの足りず、唾液を啜《すす》り、唇を吸い、規則正しく並んだ歯列を舐める。

卑猥な接吻のせいか、梨花の頬がみるみるうちに赤く染まった。

ふたりの唇がゆっくり離れると、泡だった唾液がポタポタと滴り落ちる。

「ずいぶん大人っぽいキスをするのね」

臣斗の性体験は、ほぼすべて美咲とのものだ。

彼女のことが一瞬で記憶に蘇り、胸にこみあげてきたが、無理に微笑み返す。

(今は先生に夢中になろう)

「先生のリードが上手だからですよ」

「大人をからかうつもりかしら。だとしたら甘いわ。あなたはまだまだ子供だってことを思い知らせないと。ほら、立ってちょうだい」

梨花は臣斗を立たせると、足もとに膝をついた。

臣斗は上から見下ろすことになる。

(おぉ。申し訳ないけど、先生を従わせているみたいで、ちょっと気分がいい)

黒髪は中央から几帳面に左右に別れ、漆黒の川のように艶光る。

サラサラとした横髪を耳にかけ、膝立ちで腰を上げる。

細長い指で器用にベルトをゆるめ、ズボンと下着を下ろすと、その内側からゴルフクラブでフルスイングしたかのように、勃起がブンと唸りながら跳ねた。

梨花のまさしく目の前で揺れながらそそり立ち、彼女は目を見開く。

「すごいわね、高校生って……やっぱり若いわ……」

鼻先を勃起の先端によせ、スンスンと鼻を鳴らした。

そのまま張り出した雁首や勃起の裏、さらには睾丸まで嗅がれる。

敏感な肌が微風にくすぐられ、もどかしい刺激にビクンと跳ねた。

「先生、やっぱり臭いですか。その……ごめんなさい」

梨花は嗅ぐことをやめられないのか、何度も鼻を鳴らし、上目遣いで見あげる。

酔ったかのようなうっとりした表情は、ふだんの理知的な雰囲気とは違い、妖しい色香が混ざっていた。

「ええ、とても臭い。でも、生きている証《あかし》よ。ところで、自慰はしている？」

美女の口からとんでもない単語が飛び出し、即座に反応できなかった。

脳が考えるより先に、ペニスが引き攣り、先走りを滲ませる。

「禁欲は必ずしも美徳とは限らないわ。かといって欲にのめりこむのも論外よ。腹八分目で満足することを覚えなさい。最後に出したのはいつ」

「二週間くらい前。受験勉強に専念しようと思って」

「そう……あなたみたいに若いと、なおさら心身に影響があるでしょう。ときにはご褒美と思って、我慢しないようになさい。ふだんはこんな感じかしら」

肉棹を軽く握り、ゆっくりと前後にスライドさせた。

いよいよ直接の刺激が与えられ、睾丸の奥がギュンとせりあがる。

「は、はい……そ、そうです……」

性感帯から甘美な愉悦がひろがり、溜息をうっとり漏らしていた。

実際のところ、オナニーと比べると握り手は弱く、圧迫感は足りない。

しかし、なめらかな手つきは、それを十分に補うほど新鮮だ。

亀頭は真っ赤になるほどパンパンにふくれ、鈴口から粘液がだらしなく漏れている。

「気持ちいいです……」

このまま射精に導かれたら、それだけでも幸せなことだというのに、梨花はそれ以上の幸せをもたらしてくれる。

「あら、ダメよ。せっかくなんだからもっと感じてくれないと。二週間も我慢したぶん、たくさん気持ちよくなって……れろっ」

「あぅっ……まさかフェラまでしてくれるなんて」

校内の男性から人気のある教師が、足もとで膝をついて肉棒に舌を這わせ出した。

人妻教師との禁断行為に、不謹慎ながら興奮が止まらない。

絶対にできないと思っていたからこそ、悦《よろこ》びも大きい。

(すごくいい。やっぱり人妻って慣れているのかな)

梨花は、整った顔を男根によせ、紅唇の狭間から舌先をわずかに突き出して肉棒に奉仕する。キスをするような仕草が艶っぽい。

やわらかい舌先で無防備な亀頭や雁溝をくすぐられると、勃起はビクンと跳ねる。

「あなたはどちらかというともの静かなのに、御魔羅はずいぶんきかん坊みたいね。それに堂々と反っているから、まさしく益荒男《ますらお》みたいな雰囲気があるわ」

一物を品評したのち、国語教師はふたたびついばむように唇をよせた。

真っ赤なルージュに彩られた唇から淡紅色の舌先をわずかに伸ばす。

まるい舌先はチロチロと器用に動き、入り組んだ男性器の隅々にフィットする。

れろ……ぴちゃ……れろれろっ……。

窓の外は夏の迫った夕暮れで、蟬《せみ》の鳴き音や運動部のかけ声が遠くから聞こえる。

ふたりきりの進路指導室からは、湿った音がかすかに響く。

ソフトな舌遣いのもたらす小さな音に反し、激しい性感のあまりに四肢が震えた。

臣斗は奥歯を強く嚙んで、一秒でも長くこの極楽が続くよう我慢する。

「うぐっ、ヤバい。ずっとヌイてなかったからハンパない。先生みたいな美人にフェラされたら、眺めているだけでイッちゃいそうだ。やっぱり大人の女性だ。オナニーとはぜんぜん違う」

梨花は舌先を曲げ、裏スジを前後に舐めながら、上目遣いで照れている。

「れろれろ……んもう。ヘンなこと言わないで、恥ずかしいじゃない。それより、もう我慢できない感じかしら……れろっ」

最後にひと舐めして、こちらの様子をうかがった。

「はひぃっ。いつ爆発してもおかしくないです」

「それならもう我慢しないでいいわよ。思いっきり出しなさい」

亀頭をパクリと咥えた。唇で棹を密封し、頭をゆっくり前後にふる。

真っ赤な唇を伸び縮みさせながら、極上の締めつけでスライドした。

さらに、蛇が獲物を締めるかのように、口内では濡れ舌が亀頭に巻きつく。

味蕾《みらい》のザラつきがわかるほどに密着し、亀頭を四方八方から責める。

「うぅ。これはマズい。本当に出ちゃいそう……」

今まで亀頭の先を舐めたのはほんの挨拶でしかなかったと言わんばかりに、快感が強まった。男を極楽へと導く女の技で、興奮は一気に跳ねあがる。

口内のやわらかい肉に包まれ、唇でしごかれれば、若い牡は簡単に陥落する。

ちゅぱっ……くちゅっ……ちゅぱっ……。

長い髪を揺らしながら、女教師の巧技は生徒を限界に追いこんだ。

肉棒が甘く痺れ出し、いくら堪えようとしても耐えられないところに迫る。

亀頭の上を舌が軟体動物のようにヌルリと這った瞬間、恍惚が背すじを貫く。

「もう……だ、ダメだ……うっ、うぅっ……」

陰茎がドクンと脈打つと同時に、煮えたぎったザーメンが砲身を通って射出した。

絶頂の最中で身体の制御を失い、立っているのが精いっぱいだ。

射精する先は、美人教師の口内とあって贅沢を極めた。

「んんっ……んっ……ん……」

驚いたのか最初は目を大きく見開いたが、梨花は唇でしっかりロックした。放水中のホースのように肉棒が暴れたものの押さえられ、口内に吐精する。

「ああ、気持ちいい……うぅっ」

射精が落ちついたかと思いきや、不意に肉棒を啜られる。

ズゾゾッと吸引音を響かせながら、肉棹の表面が微細にくすぐられた。

梨花は唇を強く締めながら、ゆっくり顔を引きはじめる。

「あっ……イッたばかりだから……あぅ」

男性器は、窄めた口唇と擦れた。

濡れた舌はベルトコンベアのように下から支え、紅唇は肉棒を押し揉む。

射精直後のため、ちょっと触れられただけで強く痺れ、男の肉体は苛《さいな》まれる。

性感を越えた刺激に膝から砕けそうになりながらも、目を離せなかった。

赤い唇が肉棒に張りつき、少し伸びながら、口唇からペニスが姿を見せる。

肉棹の表面には梨花の唾液が付着し、てらてらと卑猥に輝いた。

シャンパンのコルクを抜いたときに似た甲高い吸引音とともに、肉棒が抜ける。

口紅の塗られた唇には、白い粘液で汚れていた。

「ティッシュを出しますから、ちょっと待ってください」

今さらながら大変なことをしたことに気づき、ポケットを探った。

梨花は手のひらを掲げ、制止する。

かぼそい顎を上げ、鼻からンッと息を小さく漏らすと同時に、喉が揺れた。

「んっ……やっぱり若さね。匂いがツンとするし、お口の中がいっぱいだったわ」

梨花は恥ずかしそうに頬を赤らめ、唇の端を上げた。

臣斗は彼女の微笑にハートを打ち抜かれる。

(僕の精液を飲んでくれたんだ。あれがやがて先生の一部となるのか)

美人教師の中に己の痕跡を残した。

倒錯的ともいえる事実を認識し、不埒《ふらち》にもひどく猛る。

「先生は最高です」

臣斗は梨花を立たせ、顔をよせた。

しかし彼女は、はにかみながら逃げるように顔を逸らす。

「いや……ダメッ……だって、私のお口に出したのよ……んっ……」

無理やり唇を塞ぐと、梨花も観念したのか、キスを返した。

舌をからませると必然的に彼女の呼気が流れこんできたが、あまり残滓《ざんし》を感じさせず、むしろ彼女の林檎《りんご》にも似た甘酸っぱい吐息に酔ってしまいそうだ。

接吻をするだけで息が上がってしまいそうで、せっぱつまった欲求に急かされる。

至近距離で黒々とした瞳を見つめた。

「先生、もういいですよね」

「今おしゃぶりで出したばかり……あっ」

彼女の手首をつかみ、下腹部に導いた。指先が陰茎に触れると、声をあげた。

「嘘……あんなに出したのに硬いままだなんて……」

「先生を相手にして一回戦ボーイなんて恥です」

「本当に若さには驚かされるばかりだわ」

渋々といった雰囲気ながらも、背中を向けた。

スカートを捲りあげ、スチール製の書類棚に手をかけ、尻をグッと突き出す。

「はい、お好きなようにどうぞ」

梨花の下半身を見て、唾を飲んでいた。

赤子の肌を思わせる白肌で、ハート形のヒップが掲げられる。

黒い下着が大切なところを隠していた。レース編みの高級そうなショーツは、ところどころ肌が透けてセクシーだ。

梨花の心の大きさを表すかのような大きな肉塊に魅了され、顔から飛びこみたいところだが、勃起がキリキリと痛んで己の存在を主張する。

「先生のケツ、ヤバいですね。こんなエッチなお尻を見せられたら、校長だってギンギンになりますよ。しかも、アダルトな下着も似合っています」

「お褒めにあずかってうれしいわ。この下着、私も気に入っているのよ」

腰をくねらせて、自慢げにヒップを見せつけた。

蠱惑的な曲線で描かれる豊かな肉塊は、搗《つ》きたての餅を思わせるほど白く、見るからにやわらかそうだ。

しかも、大事なところが黒い下着に隠され、よけいに男心をそそる。

白い肌と黒い下着というのも対照的で、どちらにも目を奪われた。

梨花は腰を捻りながらも、チラリと肉棒に視線を向ける。

「こんなオバサンに興奮するなんて……あなたも変わり者ね」

「先生がオバサンならクラスの女子もみんなオバサンです。先生なら制服でもバッチリ似合いますよ」

「あら、けっこうお上手なのね」

「おべっかじゃありません。だって、正直者のチ×ポがこんなにギンギンなんですから。もう挿れさせてください」

梨花がうなずいて前を向くと、臣斗は背後から一歩迫り、ショーツに手を伸ばす。

（あっ……先生、濡れているんだ……）

黒い下着だったので見逃していたが、基底部に楕円形の染みができていた。

下着が肌に張りつき、かすかに盛りあがる。

梨花が濡れているのを見るうちに、仰角に見あげる肉棒からも先走りが漏れた。

もう我慢できず、ショーツを一気に下ろす。

（おぉ……きれいだ……）

プリンとしたまるい尻がまる裸になった。

石膏像《せっこう》のように白い尻肉が左右に連なり、その中央の谷間に影ができている。

さらに下に目を向けると、股間の奥まった翳《かげ》りに淫花が咲いていた。

花びらに似たふっくらした肉襞は楚々とした佇《たたず》まいながら、あわいは花蜜でしっとり濡れている。

頭髪が豊かなことと関連あるのか、黒々とした恥毛が生い茂っていた。

いつ暴発してもおかしくない肉棒をどうにか下に向け、狙いを定めた。

亀頭で陰裂を押すと、グジュッと湿った音とともに透明な粘液が溢れる。

（あっ……すごくやわらかい……）

熟れた白桃に挿入しているのではないかと思うほど、軽やかで、しかもトロトロした恥肉が複雑にからんできた。肉槍を刺せばネットリした汁気が溢れ、挿入を促す。

桃尻の中にペニスは埋もれ、臣斗をやさしく受けとめた。

「くっ……大丈夫だから……もっと来て」

その言葉に甘え、肉槍をさらに押しこんだ。

肉棒は根もとまでやすやすと呑みこまれ、腰でまるい尻たぶを潰す。

美しい弧が無残に歪んでしまうが、限界まで男根を押しこみ、つながりを求める。

「おっ、おぉ……ふ、深い……」

「それじゃあ、行きますよ」

臣斗は腰を引いては押しつける反復運動をはじめた。

媚肉は軽やかながら、それがときおりキュッと窄まった。

亀頭を繊毛でくすぐられるかのような感触が強まる。

射精の一歩手前に迫り、雁首に極上のギロチンをしかけられた気分だ。

（気持ちいいからって気を抜くと、簡単に漏らしちゃいそうだ）

背後から梨花の腰を両手でつかみ、女肉を貫いた。

ヒップを打つたびにプルンプルンとゼリーのように蠱惑的に揺れる。

(バックって女性を物扱いしているみたいで、これはこれで興奮するな)

両手を大きくひろげ、尻肉を鷲づかみにした。

「おぅ……お、お尻はちょっと恥ずかしいわ……」

たぶん挿入されている梨花は臣斗を見られないため、どこか倒錯的な気分なのではないかと予想した。それならば、もっとおかしなことをしてみたい。

「先生のケツ、大きくてヤリがいがありますね。うしろから突くたびにプルンプルン揺れて、吸いよせられる。それに、きっとクラスの男子は先生のお尻をズリネタにしていますよ」

「なんてことを言うの……おっ……」

気が大きくなったためか動きまで大胆になり、背後から肉の杭《くい》を打ちこむ。

尻肉をビタンビタンと打つたびにが大きく波打ち、互いの快楽を高める。

「おっ……ひっ、ひぃっ……おぉぉ……」

梨花は自らの手で口を塞いでいたものの、授業中の清楚な雰囲気からは想像できないあえぎを漏らした。

臣斗は性感に集中し、己の欲望に忠実に荒々しく腰をくり出す。

今の快感のさらに先に、もっと素晴らしい愉悦がある。

(先生の中で思いっきり射精したい)

必死に腰をふり、肉棒を擦りたてた。媚肉で摩擦するうちに劣情が激しく燃える。

だが、ふと思いなおす。

(これじゃダメだ。先生にも感じてもらわないと)

抽送のペースを落とし、意識に余裕を作った。

名残惜しくも右手を極上のナマ尻から離し、背後から乳房を揉む。

服の上からとはいえ、指を目いっぱいに開いても明らかに片手に収まらない。

「落ちついた服装だから目立たないけど、先生、胸も大きいですね」

「おぉ、おっぱいまで……うっ、くっ」

抽送の勢いを落としたかわりに、しっかり乳房をケアした。

ブラのカップの上から乳頭を探り、キュッと抓《つね》った。正直、厚手だったのでイマイチわからなかったが、数回くり返すと腰をガクガク震わせた。

「おぉっ……そんなにイジメないで……おっぱい、弱いの……」

足もとがおぼつかなくなり、腰をフラフラさせ、ヒールが不規則に床をたたいた。

上半身の力が抜けて前のめりになり、尻をグッと突き出し、腰をくねらせる。

「もっと感じてください。僕だけ気持ちいいのは不公平です」

予想以上の反応に気をよくして、左手も女体責めへと転じた。

尻の上部から下部へと撫で、尻溝の弧に指を沈める。

ツルツルの肌とムチムチした肉感を味わいながら、ふとももから前面へと移動させる。腕を少し伸ばして、指先を梨花の股座へと這わせた。

「えっ……ちょ、ちょっと……そ、そんなところまで……おぅっ」

女教師は腰をビクビクと震わせた。

臣斗の指先は、恥毛がゴワゴワと群生する密林へと到達する。

ここから先は、指先をセンサーにするつもりで慎重に指を動かした。

太く縮れた毛をかきわけ、秘境の奥を目指す。

「あんっ……ダメえ。どうして……どうして……」

梨花の前面へとまわした指は、ふたりがつながっている場所へといたった。

ペニスを咥えた花びらを撫で、指先を花蜜で湿らせる。

(たぶん、このあたりだ)

ほんの少し指先を戻した。ふたりの交わる手前あたりが盛りあがっていた。

細かな襞肉が折り重なった部分をやさしく愛でる。

濡れた指先で、入り組んだ肉真珠をそっと転がした。

「おっ……乳首だけじゃなく、おさねまで責めるなんて……」

梨花は口を手で押さえながら、足もとから崩れそうになった。

しかし、臣斗は右腕で彼女の上半身を、左腕で彼女の腿を支えた。

それどころか、右手は服の上から乳頭をキュッと抓り、左手は陰核をソフトに撫で、そして背後から膣を貫く。三点責めを続けて、女体に快楽を与える。

「お……うっ……おぉ……んっ……」

手のひらで口を塞いでいても、乾いた打擲《ちょうちゃく》音とともに短いあえぎ声が漏れた。

ゆっくり肉棒を出し入れしていると、徐々に肉路がうねり出す。

(おぉっ……これはすごい。タコの足にからまれ、しかも吸盤が張りつくみたいにチ×ポにからんでくる)

梨花の変化は男根を伝ってきた。

彼女は、かわいらしい声をかすれさせながら告げる。

「ごめんなさい。慰めてあげるつもりだったのに、先に果てちゃいそう」

「大丈夫です。僕も、もう我慢できそうにないので」

「本当に？」

「ええ。一度出してもらってなければ、すぐに漏らすところでした」

「それなら……このまま、あと少しがんばって……」

「はい！」

ラストスパートの合意を得て、爆発を覚悟して肉棒を挿した。

乳房と陰核をいじったためか、媚肉から淫水が溢れ、ペニスの出し入れを促す。

ただ、同時に肉路は妖しく蠢き、男を虜にしようとした。

陽根を突き刺したまま、豊臀を短い間隔でたたく。

たぷたぷと尻たぶが揺れ、子宮あたりで亀頭が前後にスライドする。

「も、もう出そうです……」

「いいわよ。私も我慢できないから……ねえ、早く……早くお願い」

「本当にイキますよ。たくさん出そうだけど、後悔しないでください……うおっ」

落雷に打たれたかのように恍惚が脳天を貫いた。

ずっと射出を抑止されていた精液が堰《せき》を切ったように押しよせ、迸る。

「おぉ……来る。大きいのが来ちゃう……ひっ」

梨花の身体が、ひときわ強く脈打った。

今にも崩れそうだったので、臣斗はうしろからもたれかかり、ふたりして書類棚に体重を預け、絶頂に酔った。目を瞑《つぶ》り、峻烈《しゅんれつ》な刺激に身を委ねる。

ドクンッ、ドクン、ドクッ、ドク、ドク……。

律動がだんだんと鎮まり、それに応じて理性を取り戻す。

生まれ変わったかのような清々しい気分とともに瞼を開ける。

梨花はまだピクピクと痙攣しており、その耳もとで囁く。

「先生、ありがとうございます。もう少しがんばれそうです」

彼女はゆっくりふり返る。眉間を汗が流れ、疲労感が漂う。

おぼろげな視線で臣斗を捉え、小さくうなずく。

「それはよかったわ……ねえ、ひとつ約束してくれないかしら」

3

「うわっ。先生、女優みたいだ」

夏休みとなり、久々に会ったこともあって、臣斗は梨花を見るなり驚いた。

彼女は軽自動車の運転席に座り、ドアを開けたところだった。

白い丸襟のブラウスに濃紺のタイトなスカートは学校でも見た装いだったが、サングラスをかけているのは初見だ。しかも、鮮やかな赤い口紅を厚めに塗っている。

スカートのサイドにはスリットが入り、なだらかな曲線を描くふくらはぎは黒いストッキングに包まれていた。

梨花に声をかけたことで、彼女も臣斗の存在に気づいた。

サングラスで表情こそわかりにくいが、焦りぎみに口もとで人さし指を立てる。

「シーッ。先生って呼ばないで。早く乗って」

「ごめんなさい、せん——梨花さん」

慣れない呼び方に戸惑いながらも、臣斗は急いで助手席にまわった。

扉を開けて座ると、ラベンダーらしきスッキリとした甘い香りが鼻先をくすぐる。

(先生の匂いだ……)

扉を閉めると、ふたりきりの狭い密室ができあがる。

軽自動車の車内は梨花の呼気や体臭に満ち、助手席に座っているだけで彼女に包まれている感じがする。

密かに息を深く吸っていると、梨花はゆっくり車を発進させた。

「万一、誰かに見つかったら大変じゃない」

「すみませんでした、先生――あっ……また言っちゃった……」

「うふふ。ここは公共の場ではないので、ノーカウントで構いませんよ」

「ひょっとして今日、学校だったんですか」

「ええ。書道部の活動日だったの」

おそらく服装はいつもと同じで、化粧だけしなおしたのだろう。

とはいえ、サングラスに真っ赤な口紅はいつもよりアダルトで洒落《しゃれ》ている。

(こんな美人とデートできるのも悪くないな)

一学期の進路面接で臣斗は、梨花とひとつ約束をした。

それは、次の模試で評価がE判定のままなら、第一志望を変えるというものだ。

担任の梨花からすれば、目標とのギャップを縮めたかったのだろう。

臣斗は甘えさせてくれた恩義もあって、条件を呑んだ。

結果はC判定で合格圏とは言いがたいが、進捗状況がよいことを証明した。

臣斗の努力が認められ、ご褒美でデートを頼んだところ許してくれた。

ただ、ふたりは生徒と教師だ。誰かにみつかるわけにはいかず、わざわざ隣県の駅で待ちあわせ、水族館に行くことになった。

梨花は運転中なので正面を見ながら、話しかける。

「会うのは一カ月ぶりぐらいだけど、ちゃんと運動している？」

今年の夏休みは受験勉強に専念しているので、昼間は家から出ないことも多い。夏なのに肌が白いので心配してくれたのだろう。

「はい。先生が勧めてくれたとおり、筋トレかジョギングは毎日しています。はじめはすぐに吐きそうだったけど、さすがに慣れてきました」

「継続は力なりだからがんばって。受験は知力の勝負だけど、それを支えるのは体力よ。だから、絶対に無駄にならないわ。昨日は何時まで勉強したの」

「たぶん三時ぐらいかな。今日のぶんも済ましておきたかったから」

「それなら少し寝ておきなさい。どうせ移動するだけだから」

梨花の匂いには催眠成分でも含んでいるのか、助手席でじっとしていると、蓄積した疲労が一気に噴きあげた。頭の芯が鈍くなり、硬いシートに背中を預けた。

「わたしたち、どう見えるのかしら……少なくとも母子《おやこ》は避けたいわ」

水族館の中に入り、薄暗い館内を移動中、梨花がつぶやいた。

館内は小学生ぐらいの母子連れが多いので、そう思ったのかもしれない。

臣斗からすれば、そんな心配をしているとは露ほども思わなかった。

「カップル以外の選択肢はないですよ」

「あなたは高校生だからいいとして、私なんてアラサーよ。やっぱりデートなんてオーケーするんじゃなかったわ……」

(先生にも不安なことがあるんだ)

梨花は教職員からも生徒からも信頼される模範的な大人だと思っていた。それなのに、意外と小さなことを気に病むことが、とても身近に感じた。

(よし、ここは僕が男を見せるときだ!)

色鮮やかな熱帯魚の水槽を眺めながら、その影で梨花の手を握った。

手が触れると、一瞬ピクンと肩が跳ねる。

彼女が戸惑っている間に手を動かし、指と指を重ねる恋人つなぎに変えた。

そのまま、彼女の腕を引く。

「次はイルカショーに行きましょう」

薄暗くて表情は曖昧だったが、彼女は指を深く重ねたまま手を握り返した。

ショーは屋外の巨大プールで催される。

客席側は透明なガラスでできているので、水中の様子もよく見えた。

しかも運よく最前列で、イルカのジャンプを大迫力で堪能できた。

「困ったわ。こんなびしょ濡れ、いつ以来かしら」
言葉とは違い、水しぶきを浴びて梨花は楽しそうだ。
黒髪は濡れて乱れ、その上を陽光が照り返す。
（くっ……黒い……）
目の前のイルカたちより、隣の梨花に目を奪われた。
白いブラウスは肌に張りついて、服の中が透けている。
細い肩紐やカップの黒いラインが浮かぶ。
豊かな乳房がブラジャーに覆われ、目をこらせばその模様までわかりそうだ。
学校とは違った色気がそこかしこから漂い、圧倒された。
ショーは中休みとなり、梨花がブラウスの胸もとを引いて、内側に空気を送る。
「今日は天気がいいからすぐに乾きそうね」
「そ、そうですね……」
臣斗の視線はまばゆい胸もとに惹きよせられ、相槌《あいづち》を打つのが精いっぱいだ。
胸もとをひろげる際に、チラリと素肌の奥をのぞかせる。
（あんなところにほくろが……）
乳谷の内側に小さなほくろが見えた。白い肌の上で輝く黒い宝石のようだ。

しかも乾かそうと空気を送っても、ブラウスはピタッと肌に張りつく。

乳房のふくらみが浮き彫りになり、いっそう立体的に張り出して見えた。

その魅惑のふくらみを受験勉強よりも必死で記憶に焼きつける。

(今日は思いっきりオナニーしよう)

つないだ手をしっかり握り、すべすべした肌の質感も忘れまいとした。

「……ねえ、臣斗くん、今夜は自慰をするの？」

大胆な発言に即座に言葉を返せなかった。

超能力者ではないかと半ば疑いつつ、梨花を相手に嘘はつけない。

以前、性欲とのつきあい方も指導してくれた。

「はい。恥ずかしい話ですが、今日はずっと先生といたから興奮しっぱなしで」

「そうなんだ……」

梨花はひとこと漏らし、ショーの再開待ちのステージを眺めている。

しばらく沈黙したあと、臣斗の手を強く握り返した。

「今日のデートは楽しかったから、帰りにもうちょっと恋人っぽいことしようか」

「恋人っぽいこと？」

緊張のあまり鸚鵡《おうむ》返しをしながら、股間の一物がギュンと引き攣った。

(まったくもう。あんなこと言うんじゃなかった)

梨花は何度目かの後悔をした。

恋人っぽいことという言い方は曖昧で、ごまかそうと思えばいくらでもごまかせたはずだ。しかし帰りの車をラブホテルで止めてしまえば、言わずとも明らかだ。

(エッチしたいって言っているみたいじゃない)

怒りやら恥ずかしさやらが押しよせて、今にも卒倒してしまいそうだ。

器用に感情を切りかえ、価値観を使い分けできるタイプではない。

(私はたぶん彼が好きなんだと思う)

彼の弱さ、義姉への実直な想いを知り、さらに今日一日、恋人気分でデートしたため明らかに好意が募っていた。

だからといって、ふたりは恋人として妥当な関係ではない。

禁断の関係とわかっていたが、胸の高鳴りは止まらなかった。

梨花が部屋の鍵を持っていたので、扉を開けて先に入る。

あとから臣斗も入り、鍵をかけた音が重々しく響く。

その瞬間、かりそめの恋人との逢瀬《おうせ》が始まる。

「梨花さん！」

まだ靴を脱いでもいないのに背後から彼が抱きつき、首を伸ばしてきた。

唇を塞ぎ、玄関の壁に磔《はりつけ》にでもするかのように身体を密着させる。

「おっ、臣斗く……んっ……」

生身の唇と舌は互いの肉体を求めて、押しあい、からみあう。

(本当に興奮してくれているのね)

ふとものあたりがズボン越しの勃起に圧迫された。

女を犯すと言わんばかりの剛直は、ふだんなら忌避する。

しかし、その欲望の対象が最初から自分に向けられたもので、さらに好意を抱く男性から求められれば、むしろ受け入れたい。

肉棒に押される下腹部は、きゅんきゅんとせつなく引き攣る。

邪魔なサングラスをはずし、キスに耽《ふけ》った。

んっ……ちゅっ……れろれろっ……ぬぷっ……。

狭い玄関には接吻の猥雑な音がこもった。鼻から漏れる息、唇の吸着音、濡れた舌が擦れる音とロマンスの欠片《かけら》もないキスだ。

格好をつける余裕もないほどに、本能に従って互いを求める。

梨花が息苦しくなってきたころ、臣斗は唇を離し、かわりに額や鼻頭を重ねた。

「ごめんなさい。我慢できなくて……」

「いえ、気にしないで。それより我慢できなくなるとどうなっちゃうの。教えて」

ふたりは額をつけたまま、超至近距離で互いの瞳をのぞきこんでいた。

「無理やりにでも犯すことになるかもしれません」

「今日だけは恋人どうしよ。だから、多少はわがままを聞いてあげる……んっ」

梨花からキスをした。唇を塞ぎ、舌を彼の口に挿しこむ。

互いの舌がヌメヌメと擦れると、背すじがゾクゾクとして全身へとひろがった。

(こんな卑猥なキス、何年ぶりかしら。ドキドキしちゃう……)

唇を離すことはとてもできず、飽きることなくくちづけをくり返した。

この不埒な関係にすでに陶酔し、溺れている。

梨花の舌が臣斗の口腔から追い返され、鼻から「んっ」と息を漏らした。

それどころか、彼の舌は明確な反撃の意志をもって梨花の口内に侵入する。

唾液にまみれた舌は唇や歯の隙間を容易にすり抜け、我が物顔で暴れた。

唇を押しひろげられ、歯列を舐められ、唾液を啜られる。

(あの人とは違う……)

夫との仲は悪くないが、愛情という点ではピークをすぎている。
臣斗からの接吻で、自分が女であることを思い出した。
(愛され、求められるのって……悪くないわ……)
久しく忘れていた感覚が蘇り、刹那の情念が燃えさかった。
いつもより興奮して唾液の分泌も激しく、口のまわりはベトベトに濡れている。
臣斗は舌を解き、こぼれた唾液の跡を辿った。唇の端をついばみ、顎を舐める。
「んっ……く、くすぐったい……」
梨花は抵抗ぎみに告げたものの、むしろ顎を上げてその先を促した。
顎や喉を舐められ、熱い吐息をこぼす。
「んっ……いいわ……」
臣斗は犬にでもなったかのように、舌を熱心に這わせる。
犬は犬でも忠犬だ。梨花の欲望を忠実に見抜き、ブラウスのボタンに指をかけた。
プチンプチンと上からボタンが弾け、素肌があらわになる。
「おおっ。先生は黒いブラがすごく似合います」
今日は彼と会うこともあって、アダルトな雰囲気のある黒で上下をそろえている。
先日彼が喜んでくれたものと同じで、白い肌とのコントラストが映える。

興味を示さない夫とは違い、臣斗は目を見開いている。

ハァハァと息を荒らげ、梨花に断りもせずに揉み出した。

「あんっ……ちょっと、がっつきすぎじゃない……おぉっ」

直接的な性感であえぎ声を抑えられなかった。

彼は梨花の首すじに舌を這わせながら、ブラに手を伸ばしたものの、さすがにホックをはずすのは難しいようだ。

ややじれったくなり、自らブラをゆるめ、ブラウスとともに脱ぎ捨てた。

「おっぱいは素敵だし、胸もとのほくろが超セクシーでたまりません」

臣斗は玩具を与えられた子供のように目をキラキラ輝かせ、当然とばかりに乳首を咥えた。チュパッチュパッと短い吸着音を漏らす。

「ちょ、ちょっとぉ……いきなりなの……おっ、うぅ……い、いいわ……」

強い性感に思わず嬌声をあげた。臣斗の唇に挟まれて、乳頭がムズムズ疼く。

刺激を受けた乳首が充血し、もっと吸ってと言わんばかりにピンと立つ。

とがった乳首の一方を強く吸引し、もう一方を爪の先で甘くかいた。

「うっ……いやっ……」

入口の壁によりかかり、体重を預けた。

背中が安定したこともあってか、臣斗はいっそう前のめりに乳房を貪る。

乳頭を舐め、吸い、転がし、しゃぶり、唇で弄ぶ。

乳首はプックリ上向きにふくれ、興奮に息巻いていた。

梨花自身も高揚し、冷静なつもりでも実際どこまでが理性的なのかわからない。

今だけは制限だらけの日常から解放され、淫らな劣情に耽りたい。

「おっぱい舐めたあとは、どうしたいの。もうはめたい？」

彼が好きそうな下品な言い方をしたところ、ズボンの中の勃起が大きく弾む。

「やりたいことがたくさんありすぎて、自分でも混乱しています」

「一度出して落ちついたらどうかしら。今日はあなたのご褒美だから、なるべく願いを叶えるつもりよ」

「それなら……どうせシャワー浴びるから、顔射したいです」

ガンシャという音を顔面射精という単語に変換するのに一瞬時間を要した。

アダルトビデオでそういう嗜好《しこう》があるのは聞いたことがあるが、まさか現実に要求されるとは思っていなかった。

ふだんなら間髪をいれずに反対するだろうが、今はどこまでも淫らになりたかった。

夫とは数えきれないほど交わったが、そんな卑猥なことを求められたことはない。

（お腹がジクジクしている……）

破廉恥な行為を想像して、高揚した性器がせつなげに疼いた。

男のエキスを肉体が欲している。

「ええ、いいわ。でも、私もはじめてだから、どうお手伝いしていいのか教えて」

「ちょっと待っていてください……痛ッ」

ズボンを下ろそうとしたところで、壁に膝をぶつけた。

必死な様子があまりに子供っぽく、不覚にも笑いがこみあげる。

「ふふふっ。そんなに慌てないで。消えたりしないわよ」

「すみません。僕、おっちょこちょいみたいで」

「安心して。あなたのお義姉さんもそうだったわ」

臣斗を待つ間にゴムで髪をうしろで束ねた。

髪を洗う気はなかったので、汚されると困る。

「準備できました」

呼ばれたので目を向けると、思わず吹き出す。

「ぷっ……ちょっとぉ。それで準備完了なの」

確かにズボンとパンツは下ろしているが、Tシャツを着て、靴も履いたままだ。

よほど早く出したくてたまらないのだろう。

臣斗は恥ずかしそうに顔を赤らめ、沈黙する。

「そんなに我慢できないのね。しょうがないわね……」

そう言いながらも、臣斗は梨花を思って興奮したのだから、悪い気分ではない。

「今日もすごいのね。パンパンじゃない」

男の股間に顔をよせると、もうすでに彼の分身が天を見あげていた。

大樹のように根もとが張り出し、ボディビルダーの腕のように隆々としている。

梨花の目の前で、屹立がブルブル小刻みに震えていた。

「早く舐めてください。息がかかるだけで出ちゃいそうです」

臣斗があまりに真剣に訴えるものだから、またもプッと吹き出してしまう。

「あらあらずいぶん敏感ね。ひょっとして自分でしてないの」

尋ねると、彼はうなずき返す。

「デートが終わってから先生を思い出しておもいっきりオナニーするつもりで、何日か我慢していたんです。だから手をつないだり、服が濡れたのを見てずっと勃起しています」

「それは大変だったわね。そこまで想われていたとは光栄だわ。でも、顔射したいんなら、息だけでもいいんじゃないかしら」

「ええっ、そんな。息だけで射精なんて、トラウマになります。イジワル言わないでください」

「勉強をがんばったご褒美ですものね。そこまで頼まれたら断れないわ」

自分自身に言い聞かせ、覚悟を決めた。

腰を屈め、勃起の下でまるまっている陰嚢に挨拶する。

「あっ……うっ……」

あえぐのと同時に肉棒が引き攣った。先端から牡汁が滲み、棹の裏を流れ落ちる。

そのまま嚢袋まで垂れてきたので舌先ですくい取ると、舌の上で睾丸が跳ねた。

「すごく元気ね。れるっ、れろぅ……」

厚い皮膚の内側には睾丸が間違いなく存在する。

ふたつもあるのに、舐めようとしても逃げられた。それを舌で追いかけっこする。

玩具で遊んでいるみたいで、少し楽しい。

(うふふ。こんなところまであなたらしいのね……でも、これならどうかしら)

ブボッと下品な吸引音とともに、睾丸を吸いこんだ。

唇を締めて飴玉でも舐めるように舌の上で転がす。

「うう……先生のタマ舐め、すごい……」

牡汁を垂らして悦んだ。白濁した樹液が肉樹を伝い落ちる。

早くイカせてとアピールしているような気がして、棹を人さし指と親指で摘まむ。

下から睾丸を咥えながら、そっとしごく。

（お久しぶりね。ずっと会えなくて寂しかった？）

陰嚢を唇で食《は》みながら内心で尋ねた。

男根はイエスと答えるかのように一度強く脈打って、指を押し返す。

それこそ鉄パイプではないかと疑いたくなるほど硬化していた。

新たな粘液がトロトロと流れ、肉棹をしごくたびにクチュクチュと小さく鳴る。

牡の興奮を感じることには満足できたが、当人は満足できないようだ。

「これじゃあ、顔射じゃなくて頭に出しちゃう。早くお願い！」

「それは困るわね。さすがに髪を洗うのは大変だもの……くちゅ」

「おっ……おおおぉぅ……」

梨花が下から亀頭を舐めると、待望の刺激のためか臣斗が低く唸った。

思った以上に反応がよく、少し軽快な気分で舌を蠢かす。

下からだと裏スジが無防備にさらされ、亀頭との付根をガンガン責めた。

出っ張った雁首を支えるかのように弦がピンと伸び、鰓状の括れとともに複雑に入り組んだあたりに舌先をねじこむ。

「ヤバい……それ、本当にヤバい……」

舌先を細かくしばたたき、性感帯を掘り起こす。

亀頭がグググッとひとまわり強張ると、そこから放たれる熱が高まる。

それだけではなく、夏の草むらに似た生命力を感じさせる匂いも強まる。

不思議なことにムッとした匂いながら甘ったるくもあり、嗅がずにはいられない。

牝の本能に訴える牡の麝香《じゃこう》を深く吸いこむうちに、女の欲が強まった。

(もうすぐ出ちゃうのね。私を思ってたくさん出すのよ)

下から裏スジをピチャピチャとくすぐりながら、臣斗の両手を握った。

指を深く重ねた恋人つなぎをすると、彼も強く握り返した。

「ダメだ。もう我慢できない……あっ、ううっ、うぐっ」

彼の叫び声に合わせて、肉棒はビクンと跳ねあがった。

視界は部分的に白色で塞がれ、右目を閉じる。

マグマのような熱い粘液が鼻梁にそってドロリと流れた。息を吸うと濃厚な牡のアロマが鼻腔の奥にまで迫り、強烈な匂いで牝を従わせようとする。

「先生の顔が、僕の精液で汚れて……うっ」

久々の射精なのか、大量の飛沫《しぶき》が視界に舞った。

熱い粘液はそれ自体が生き物のように顔の上でひろがり、目や鼻や口さらには毛穴すら塞いで、そこから侵入しようとするかのようだ。

「あんっ……こんなことをしたかったなんて、やっぱり男の子は理解できないわ」

確かに理性的に納得することはできなかったが、牡の体液でマーキングされると女体が疼くことは間違いない。

顎からこぼれそうなザーメンを指ですくい、口に運んだ。

指先に吸いつき、蜂蜜でも舐めるように舌の上で転がす。

「ちゅぱっ……マズい。苦くてしょっぱくて……でも、とってもエッチな味」

熱い粘液を指ですくっては飲みくだした。


「えっ……ちょ、ちょっと待ってください」

ラブホテルの部屋に入るなり、キスをし、臣斗はフェラチオで顔射した。

汚れた部分を必要最低限にティッシュで拭い、即座に脱衣所へ向かった。

本来なら梨花だけでシャワーに入って化粧を直したかったが、今回はいっしょに入ることとなった。ところが、スカートを脱いだところで呼び止められた。

「どうしたの、そんなに慌てて」

「それ……ひょっとしてガーターベルトってやつですか」

「ええ、そうよ」

「まさかこんな武器を隠しているとは思いもしませんでした」

尊いものを見るように目を見開いていた。

「武器だなんて物騒な。授業中もたまにつけていたわよ」

「授業中そんなエッチな格好をしていたんですか……ショックだ」

「大げさよ。夏はこのほうが涼しいんだから」

そう答えながらも、大げさな反応は嫌いではなかった。

梨花は下着だけの半裸だった。

下着とともにガーターベルトとストッキングも黒でそろえている。

熱い視線であちこち見つめられると、肌をくすぐられた感じがした。

特に下半身がムズムズして、正直もどかしい。

「今日は先生とデートできて、すごくリフレッシュできそうです。それで、もうちょっとだけわがまま言っていいですか」

「もちろん、構わないわ。ここを出るまでは先生のことを恋人と思っていいから」

「それじゃあ、いいですよね」

臣斗は目の前に立ち、唇を塞ごうとした。

しかし、梨花は反射的に腕で自らの顔を覆って防ごうとする。

「ちょ、ちょっと……さっき飲んだばっかりで、まだ洗ってないわよ」

「そんなのどうでもいいです。今はこの唇は僕のものなんだから……」

手首をつかまれ、腕をひろげさせられる。

顔を横に向けたものの、追ってこられ、そのまま唇を奪われた。

様子を探ることもなく、最初から欲望全開のディープキスだ。

舌で唇を割られ、互いの唇を押しつぶすほど強くつながる。

(求められている……)

臣斗の舌は蛇のようにうねりながら、唇の裏や歯列を舐めてきた。

こうなると歳の差も恋愛経験の差も関係なく、舌を差し出してしまう。

ぬちゃっ……れろぅ……くちゅっ……くちゅ……。

淫らな音がふたりの舌で奏でられる。

「ねえ、飲んで」

彼の目がそう言ったかと思った直後、舌は動きを止めた。

梨花も動きを止めて待つ。胸はドクンドクンと音を立てるほどに鼓動していた。

数秒ののち彼の舌から温かい唾液を注がれる。

トロトロと垂れた濃厚なエキスを舌で受けとめ、喉の奥へと流しこむ。

かすかな熱量が食道を伝い臓腑に落ちて消え、梨花の一部として交わる。

倒錯的な儀式ののち、臣斗は顔を離した。

「ありがとうございます。この時間だけは僕の恋人でいてくれるんですね」

「さっき、そう言ったじゃない。疑われたなら心外だわ」

「先生の言葉はひとかけらも疑ってはいません、ちょっと不安だっただけです……おっと、恋人なんだから先生じゃなく、梨花の言葉だ」

まじめに言われてしまい、照れ隠しもあって彼の鼻をキュッと摘まむ。

「呼び捨てなんて生意気よ。いくつ離れていると思っているのよ。でも、まあ、今だけはそれでもいいわ。そのかわり学校で呼び捨てにしたら、評価を下げるからね」

臣斗は目を細めて笑い返した。

一学期のはじめのころはもっとせっぱつまって苦しそうだったが、今はだいぶ気持ちに余裕があるように見える。そのうえ着実に成績も上がっているのだから、コンデイションはよいのだろう。

彼はブラの上から手をかぶせた。

「気をつけます。そろそろ我慢できなくなってきたからいいですか」

「えっ……でも、さっき出したばかりじゃない。それに、シャワーも……」

答えながら、視線を下に向けた。

先ほど念願の顔射を果たしたのち、陰茎は平常に戻ったはずだった。

それなのにいつの間にか上向きに反り、臨戦態勢を迎えている。

「んもぅ。相変わらずすごいのね」

「僕自身が少し戸惑っているけど、梨花の下着を見ていたらムラムラして……」

梨花もまたそうだった。部屋に入るなりディープキスをして、フェラチオをして、さらには顔で精液を受けとめたのだ。一度射精した彼と違って、ふしだらな気持ちにならないわけはない。

若い男性から性の対象と見られて、喉が渇き、女体はジリジリと燻っていた。

「今度は挿れてくれるんでしょうね」

「もちろん、そのつもりです。おねだりなんて珍しいですね」

「あら。恋人どうしだったら、求めることも求められることも当然でしょ」

「いいですね。僕も挿れたくてたまらなかったんです」

「私の下着姿が気に入ってくれたなら、着たままでもいいわよ」

「本当ですか。僕の心が読めるんですか」

「わかるわよ、それくらい。下着のままバックから犯したいんでしょ」

「正解です。白い肌と黒い下着って最高にエロいもの。セクシーなTバックのお尻がブルンブルン揺れるところを眺める機会なんて、二度とないです」

彼の返事を聞き、深く溜息をつく。

「まったく……もうひとつあなたの願望を予想しましょうか」

「まだわかるんですか」

梨花は言うべきか、言うまいか迷った。地雷を踏む可能性があるからだ。

下手なことを言えば、恋人ごっこはもちろん、彼の受験にも影響を与えかねない。

だが、先に進めるために踏み抜くことにした。

「今だけ、私のことをお義姉さんと呼んでもいいわ」

「えっ……それって……」

「彼女のことを抱きたいんでしょ。私を結衣さんのかわりで抱いてもいいのよ」

しばしの沈黙ののち、臣斗は力強くうなずき返した。

彼の想い人が誰なのかは、明らかだった。梨花はその代用でしかない。

(結衣さん、お元気かしら……)

彼女は、梨花が最初に担任したクラスでも抜群に優秀で人気のある生徒だった。

そんな彼女から悩みを相談された。

——義弟のことが好きなんです。

はじめはなんのことか、わからなかった。

よくよく話を聞くと、義理の弟がたまらなく大事に思えてしまうそうだ。

歳が離れているので親子の情のようなものではないかと尋ねると、そういう感情もあるのは否定できないが、それ以上も望んでいるという。

梨花の知る限りあまりに特殊なケースで、一度距離を置くことを勧めた。

結衣もそれが妥当だと納得していたが、家庭の事情や義弟の年齢もあって、心苦しいとのことだった。そこで運に任せた。

最難関校に進学する場合だけ、上京する。そして、彼女は義弟と別れた。

あれから時間も経ったので、きっと恋人だってできたことだろう。

まさか今度は、もう一方の当事者である義弟の担任になるとは思いもしなかった。

しかも、彼の中ではいまだに仄暗《ほのぐら》い想いが育まれていた。

彼が本当に抱きたいのは、梨花ではなく、結衣なのはわかっている。

「うしろからならあなたの顔は見えないから、それほど気にならないわ。そのかわり、シャワーを浴びたらちゃんとベッドで私のことを愛してよ。それが条件よ」

「ごめんなさい……あとで百万回先生を名前で呼びます。だから、今だけ……」

臣斗は梨花の背後に迫り、尻に両手をかぶせて撫でる。

「義姉さんのお尻もこんなにスベスベなのかな……」

梨花を感じさせようというのではなく、彼の悲しみを満たす妄想が始まった。

尻の肌を撫で、Tバックのクロッチの上から女体を温める。

臣斗は梨花の肉体を通じて結衣を感じようとしている。もちろん、それは梨花からすれば不名誉なことであり、自分からこのような提案をする必要はなかったのだ。

だが、ふたりの想いを知ってなお放置することはできない。

少なくとも、今苦しい時期のはずである臣斗には、心のケアが必要だ。

究極的には、結衣の判断が正しいのか、臣斗の想いが正しいのかはわからない。

ただ、どのような結果になろうと、最後に後悔はしてほしくなかった。

「おっ……あん……ちょっとムズムズしてきた。やさしくしてね……んっ」

「わかったよ、義姉さん」

呼び方にためらいはなく、彼はすでに自分の世界に入っているのだろう。

クロッチの縁にそって、きわどいところを縦に撫でる。

「Tバックにガーターベルトって、すごくエロい。どっちも黒いから白い肌が引き立って、お尻のプリッとしたまるさが強調される。特にこのお尻の肌に張りついたサスペンダーが素敵だよ」

彼は飽きることなくヒップラインやふとももの肉感を堪能しながら、陰裂を下着の上から愛でた。その内側では、恥蜜がクチュクチュと小さく響く。

「もう前戯はいいから、インサートしてちょうだい」

洗面台に手をつき、臀部をグッと突き出した。

臣斗が背後から迫り、クロッチを少し脇にズラす。

「我慢させてごめんね。義姉さん、ひとつになろう……うぅっ」

唸り声に合わせ、臣斗が奥まったところに迫った。一度放出したはずの肉棒はまったく疲労を感じさせず、濡れた肉路を簡単に切りひらき、最深部へと迫る。

「あっ……す、すごい……こんなところにまで届くなんて」

どれほど長くともせいぜい握り拳ふたつほどの長さなのに、下腹部を貫きかねない圧迫感に腰が引き攣った。

牡肉の到来を待ちわびた子宮が歓喜し、心地よい痺れが脊椎を走る。

（いくら久々でも……挿れられただけで、もう……）

一学期に臣斗と誤ちを犯して以来、久々の肉交だった。しかも今日はデートでずっと気分が盛りあがり、しかもつい先ほど男性器に触れ、精液を飲んだ。牡の到来を待ちわびた女体が甘美な刺激に震えてしまう。

（あぁん、来る……もうお迎えが来ちゃう……あっ）

性悦が大きな打ちあげ花火のようにドーンと爆発し、四肢を襲った。

脳裏に赤い火花が散り、甘い痺れが全身に四散する。

壁についた手が小刻みに震え、足もとがおぼつかない。

「今、イッてくれたんだ。中がキュウキュウ締まって道連れにされるところだった。さっき出してなければ、絶対爆発してたよ。じゃあ、もっと突くよ」

「ちょっと待って。無理……だって達したばかりよ……」

「大丈夫。きっともっと気持ちよくなれるから。今度はいっしょにイクよ」

甘い囁きとともに、腰をゆっくり引き、押し出した。

蒸気機関車の車輪をつなぐ主連棒のように力強く引いて押すことをくり返す。

逞しい肉茎は短い反復で媚肉をかき出し、容赦なく突き刺す。

「あっ、あぅ……ダメよ。またおかしくなっちゃう！」

快美な痺れの残る膣肉に、新たな刺激を与えられて身悶《みもだ》えた。

火力を強めたかのように主連棒は速度を増し、肉穴の掘削速度を上げる。

尻を打擲する間隔が短くなり、パンパンと甲高い音が響いた。

「黒いガーターベルトとTバックのヒップがブルンブルン暴れている。ああ、イヤらしい。こんなの我慢できないよ」

臣斗は背後から腕をまわした。ブラの内側に指を忍ばせて、乳肉を鷲づかみにする。ピストンをくり出しながら乳房を揉み、女体にしがみつく。

洗面台の鏡には、梨花が映っている。

背後から男性に貫かれた女は、自分でありながら自分ではなかった。

眼鏡をはずし、黒髪をアップに結わえた女の顔そのものは見慣れているが、ほつれ髪が汗で頬に張りつき、唇は半開きになってアンニュイな雰囲気が漂う。

背後から臣斗がペニスで挿しながら、梨花の背中に顔を擦りつける。

男の唇が押し当てられ、荒い吐息とともに敏感になった肌を這う。

「いい匂い……すごくいい匂いだ」

義姉を思い浮かべているのか、鋼と化した硬い男性器が奥を何度もこづいた。

そのたびに鏡に映った女は眉間に皺をよせ、紅唇をまるく開く。

「おっ、あ……あぁん……深い……すごく奥まで来る……」

苦悶と紙一重の表情ながらも、そうではない。

白い頬は火照って赤らめ、おぼろげな視線を漂わせる瞳は黒く濡れ光る。

顔が淫らなのは、女の幸せを味わっている最中のためにほかならない。

一度は頂《いただき》を極めたのに、教え子によってさらなる極みに導かれようとしている。

(結衣さんも幸せ者ね……こんなに想ってくれる人がいるなんて……)

今交わっている男にとって、自分は代用品でしかない。そのことは梨花にとって悲しい事実ではあるが、他方で教え子が救われるのに安堵した。

「ああ、義姉さん……義姉さん……」

背後から吐息まじりに呻き声が聞こえた。

(結衣さんを想って構わないから、思いっきり吐き出して)

背後から貫かれながら、右手を洗面台について身体が崩れるのを堪え、左手を結合部へと忍ばせる。指先は腹部をすぎた先に結合部を捉え、勃起を挟む。

「うおぉっ。義姉さんが僕のチ×コに触ってくれた！」

スイッチが入ってしまったのか、臣斗は吠《ほ》え、がむしゃらに腰をぶつけた。

ただただ性感を求める機械になってしまったかのように、ひたすら媚肉を掘削して子宮への道を開拓する。

剛棒は女の肉を摩擦し、雁首で描き出してドロドロに溶かす。

(おおぉっ……これ……本当にマズいかも……)

そう思いつつも、左手は股座に伸ばしたままだった。

爪の先で無防備に揺れる睾丸をくすぐり、手のひらで下着の上から陰核を押す。

性交のアクセントとして手技を織り交ぜた。

交わる場所はふたりの体液で濡れながらも、強靭な摩擦で発火寸前まで高まる。

下腹はギュムギュムと蠕動《ぜんどう》し、男のエキスを早くよこせと主張した。

「このタコツボマ×コ、最高だ。チ×ポに吸いついてくる」

臣斗が梨花の淫肉を貫くたびに、ヒップをリズミカルに打擲した。

背後から乱暴に身体をぶつけられ、尻はかすかに痛んだが、その痛みさえも求められている証に思え、女体は歓喜にむせび泣く。

「もうダメ。来ちゃう……早く……早く来て。ひとりで果てたくないの!」

「もちろん。僕ら、どこまでもいっしょだよ……ねえさ——うぅっ」

濡れた肉の中を臣斗の分身が勢いよく滑った。

ズリュッと擦れたとき、マッチ棒が発火したかのように男根が熱を帯びた。

ひときわ深く蜜壺に埋もれたときに、強く脈打って熱い精を放った。

灼熱《しゃくねつ》のマグマを浴びた刹那、梨花の性感に引火し、誘爆させられる。

(熱い……このまま燃えてしまいそう……)

花火が盛大に打ちあげられたかのように、ドーンドーンと連続して性悦が爆ぜた。

瞼の裏には色彩鮮やかなパッションカラーの明滅がくり返され、抑えられない快さに意識を奪われる。

身体が燃えつき、灰となって宙を舞うかのような絶頂を漂う。

至福のひとときの間、すべてを忘れて快楽を享受した。

数分いや数秒かもしれない短い時間ののち、背中にかかる吐息で意識を覚ました。

臣斗が背中から梨花を抱きしめていた。

「ありがとうございます……先生に勇気をもらった気がします……」

梨花は黙って腰を捻り、彼の頭にキスをして返した。

第四章　ウェディングドレスの義姉

1

「義姉さんの部屋に住めないかな」

人生で何度清水《きよみず》の舞台から飛び降りる覚悟が必要になるかわからないが、この台詞を言うのに三回飛び降りても足りないぐらいの覚悟を要した。

たとえ相手が自分の家族であっても、すべてを言いあえるわけではない。

胸の鼓動が自分でも聞こえるくらいに緊張している。

夕食を終え、義姉はリビングのソファに腰を下ろし、テレビを観ていた。

今日移動してきたこともあって、淡い口紅を塗り、黒髪をまとめあげている。

まだいっしょに住んでいたころは高校生で、とうぜん化粧はしていなかった。都会で暮らす義姉は、間違いなく大人の女性として美しさに磨きがかかっている。きれいになるのはうれしかったが、同時に離れた土地で暮らすうちになにかが変わり、やがてふたりの心まで離れてしまう気がしていた。

だから正直に言えば、焦っていた。たぶん、最後のチャンスだ。

聞かれた義姉は、こちらに顔を向けて小首をかしげる。

「私の部屋に？」

「そう。大学に近いし、お義父さんの負担も減るから悪い話ではないでしょ」

何度も練習した台詞を告げた。

高校三年生は、担任からのご褒美を除けば、受験勉強一色でおもしろくなかったが、無事に志望校に合格した。義姉の母校だ。

その義姉は入学当初からずっと同じ部屋に住んでいる。

そして部屋にスペースがあることは、以前彼女自身の口から聞いていた。

「そうねえ……」

結衣は顎に人さし指を添え、首を傾けた。

（義姉さんは相変わらず美人だよな）

義姉も今や二十四歳となった。いっしょに暮らしていたころに比べると少し垢抜《あかぬ》け、女らしさが増している。腕や足は細いのに、バストやヒップは格段に肉づきがよくなり、ボディラインにメリハリがある。

美貌には磨きがかかり、顎の小さなほくろにさえも色気を感じた。

表情には大人の余裕が漂っている。

現在は都内の大手企業に勤めており、待遇がよいだけあって仕事は大変らしい。

「それに僕がいれば、家事はバッチリだよ」

「確かにお料理のレパートリーも増えていたわね。私の部屋に住みたいのね」

逆に問われ、臣斗は口もとを引きしめ、強くうなずく。

義姉は笑い声のするテレビには見向きもせず、こちらを見ている。

ややあってから口を開いた。

「大丈夫じゃないかな」

(よし！)

歓喜が駆け抜け、合格通知を受け取ったときよりも強く握り拳を作った。

この瞬間、本当の意味で高校三年生の灰色の一年が報われた。

だが、疑問が湧く。今の返事がずいぶんと他人事《ひとごと》のように思えた。

義姉は、今まであまり見せたことのない寂しげな表情をした。

「明日、お父さんが帰ってきたら言おうと思っていたのだけど、先に言っておくね」

たまらなく悪い予感がした。

この表情を一度だけ見たことがある。

かつて、この家を出ることを説明したときと同じ表情だ。

信念にもとづいた断固たる決意が義姉の瞳に宿っている。

耳を塞ぎたいが、その前に義姉のカウンターが臣斗の胸に突き刺さった。

「私、結婚しようと思うの」


衝撃のあまり体中の細胞が活動を停止し、自分を支える電源が落ちた気がした。

心身は危機を回避しようとしたのか、半ば無意識に行動していた。

夕食のあとは風呂に入るのが習慣だからか、実質、意識を取り戻したのは湯船に浸かり、ふぅと溜息をついたあとだった。

(そんなばかなことが……)

すべての前提が狂い、今年一年の苦労が水泡に帰した。

計り知れないダメージを受け、湯船の縁に頭を乗せて視線をぼんやり漂わせた。

とつぜん風呂場の折戸が音を立てたので、釣られて目を向ける。

そこには全裸の義姉が立っていた。

湯気をまとった義姉が、風呂場に足を踏み入れた。

「入るって何度も言ったわ」

「え……いや……でも……あれ……」

訳がわからず混乱しているうちに、義姉はかけ湯を済ませ、湯船に片足を入れる。

「いいから、そっちに詰めてちょうだい」

言われるがまま湯船の片側に身体をよせると、義姉が反対側に腰を沈めた。

豪快に湯が溢れ、洗い場のバスマットが浮いてしまう。

「あははは。こんなのお父さんに見られたら怒られちゃうね」

向かいあって座る義姉は、快活に笑った。

水面が揺れ、屈折により身体は滲んでいたが、それでも女体の色香が匂い立つ。

手を伸ばせば、義姉に手が届く。

ずっと欲しかった義姉がそこにいる。

だが、その感情を堪える。

「もう子供じゃないから、いっしょに風呂に入れないよ」

「いくら呼んだってぜんぜん反応がないから、ここまで追ってきたのよ！」

結衣は憤慨していた。

この数分の記憶が曖昧で、間違いなく混乱していた。臣斗は頭を下げた。

「ごめん。確かにぜんぜん聞こえなかったし、覚えてない」

「大事なことだからきちんと聞いて。もう一度言うわね。私、結婚しようと思うの」

心臓を抉《えぐ》られるような衝撃に襲われた。

胃がムカつき、嘔吐《おうと》しそうだったが、最初に比べればマシだった。

ましてやこの状況では逃げようがない。

両手で髪をかきあげ、天井を眺める。

（そうか……義姉さん、結婚するのか……）

心が拒否していた事実をやっと嚙みしめ、呑みこんだ。

全身から力が抜け、大きく溜息をつくと、義姉が続ける。

「私は引越するから、もし今の部屋に住むなら名義変更しておくわ」

「そうだね……」

超難関校に合格したのも束《つか》の間、夢も希望もなくなった。

将来の自分をまるでイメージできなくなった。

手を伸ばせば大好きな義姉がいるというのに、もう手が届かないほど遠い。

「この世でたったひとりの義姉が結婚するというのに、おめでとうのひとこともないのはいくらなんでもツレないいんじゃないの」

たった五文字の言葉なのに、それを口にすることはできなかった。

言ったら最後、本当にもう二度と手が届かない気がしたからだ。

どう返事をするべきか思案しようとしても、まだ混乱の最中で考えがまとまらない。

「まただんまりなの。困ったものね」

小首をかしげて、こちらをじっと見ていた。

クリッとした愛らしい眼は、子供のころから変わらない。

それこそ飽きるほど見てきたというのに、見つめられるといまだにドキドキする。

(この目に見られながら、何度も怒られ、褒められ、励まされてきたんだ……)

実父を亡くし、実母も亡くした自分を孤独から救ってくれた。

それなのに、結婚という人生最大の慶事を迎えようとする義姉を祝えない。

「どうして……どうして義姉さんを失って、そんなことを言えるんだ……」

湯気で少しぼんやりと見えていた義姉の顔が滲んだ。頰を温かいものが流れ落ちる。

涙が止まらないのと同じで、感情とともに出た言葉も止まらない。

「義姉さんが好きだ。誰よりも長く、誰よりもいちばんに想っていたのに……」

完全に前が見えなくなり、手の甲で涙を拭った。

瞼を閉じたので、世界が暗闇になってしまったかのようだ。

不意に、温かいものに触れられた。

「私も……私もあなたが大好きよ……」

目を開けると、義姉が前から抱きついていた。そして、彼女もまた泣いている。

「それなら僕と結婚して。僕なら誰よりも義姉さんを幸せにできる」

「そうね……臣くんならきっと私のことを幸せにしてくれるね」

「それなら――」

反論しようとしたものの、結衣に割りこまれた。

「私たちは姉弟よ。いっしょになれないわ」

「違う。僕らは義理の姉弟だから、結婚したとしても問題はない」

長きにわたる結衣の誤認を正そうとした。

だが、義姉は首を小さく横にふる。

「もし私たちが結婚すればお互い幸せかもしれないけど、それは今までの延長でしかない。価値観が違う者どうしで衝突するから新しいことを学び、感じ、成長するのだと思う。今のままだと、あなたは安全な殻に閉じこもるだけになってしまう。だから、臣くんとは絶対にいっしょにならない。ずいぶん前に決めたの」

結衣の両目からは涙が伝い落ちていたが、淀みなく落ちついて告げた。

いつかこういう話になることを予感していたのかもしれない。

(そうか……義姉さんは上京を決めたときにはもう……)

底のない暗闇を落ちていく絶望感のなか、やっと気づいた。

だが当時気づけたとしても、同じ過ちを犯していたかもしれない。

魅入られた者としては、よほどのことがない限り求めてしまう。

そして、ついに決定的な分岐点を迎えた。

「わかったよ。でも、まだお祝いを言える気分じゃない」

「私たちはお互いを諦めないとならない。だから――」

結衣はそこで言葉を切った。

義姉の性格からして迷うのは珍しく、続きを待っていると衝撃的な言葉が続く。

「今夜だけあなたの恋人にでも妻にでもなって、なんでも言うことを聞いてあげる」

2

「へっ、ヘンじゃないかしら」

結衣は、恥ずかしそうに顔を真っ赤にして尋ねた。

長く湯船に浸かったので、のぼせる前に風呂を出た。

パジャマに着がえるはずの義姉に、急遽《きゅうきょ》高校の制服を着てもらった。

義姉の部屋はそのまま残っていたので、セーラー服もあった。

防虫剤の匂いをほのかに漂わせ、着がえた義姉がリビングに現れる。

白線の入ったセーラー服はところどころ擦れていた。

「確かにヘンだ……」

「ほら、やっぱり。さすがに無理な――」

「違う。そうじゃない。何度も見たのに、今の義姉さんを見ていると、心臓がドキドキするんだ……似合わないのに、すごくきれいだ……」

スッと通った鼻梁に細めの顎は大人の女性のものだし、胸もとはパツンパツンに張り、谷間には深い影をのぞかせている。

ヒップも大きくなり、スカートが豊かに盛りあがっていた。スカートの裾はミニスカートのように短く、ふとももはきわどいところからニュッと剝き出しだ。

高校時代の義姉や同級生とは違って、どこかアンバランスだ。

ただ、そのアンバランスなのが新鮮で、義姉の美貌をきわだたせている。

「んもぅ。おべっかが上手になったわね」

義姉は耳まで真っ赤になって照れていた。

「お世辞じゃない。本当にきれいだもの。ねえ、明日の朝、昔みたいにその格好で朝食の用意してくれないかな」

「……それはダメ。気持ちが曖昧になっちゃうから。魔法は今夜だけよ」

はっきり線を引くことに義姉らしさを感じながらも、企みが不発となり残念だった。

だが、今夜の義姉は、臣斗のわがままをいくらでも受け入れてくれる。

「アレ着てくれた？」

尋ねると、唇をモジモジさせ、恥ずかしさを怒りに変換してぶつけてきた。

「まさか我が義弟がヘンタイだったとは、思いもしなかったわ」

「きっと二度と見られないから。ね、見せて」

頼むと、結衣は両手でスカートの裾を摘まみ、ゆっくり持ちあげた。

緞帳《どんちょう》のように裾が徐々に上がり、ナマ肌のふとももが姿を見せた。

股間は濃紺の布地に覆われていた。

鈍い光沢のある布地は下着より厚く、しかもピッタリと肌を押さえつけている。

「いいねえ、スク水。義姉さんのふとももがもっとムッチリに見えるよ」

思わず見蕩れていると、義姉は相変わらず恥ずかしそうに怒りをぶつけた。

「性犯罪とか絶対やらないでよね……そういえば、だいぶ前にカノジョがいるって聞いたけど、こういうコスプレとかやらせてないでしょうね」

臣斗が美咲とつきあっていたことは、担任から伝えられたのだろう。

テニスウェアでセックスしたが、正直に言えるわけがない。

「ははは……まさかそんなわけ……」

義姉が、ジトッとした疑いの眼差しを向ける。

「本当に問題を起こさないでよね」

「今どきコスプレなんて当たり前だよ。たんなる服装の一種だもの」

「社会人の女性にセーラー服を着せるなんて、やっぱり心配だわ」

「違う、それは違うよ。僕は義姉さんだからセーラー服を着てほしかったんだ。朝起こされるときも、夕食のときも、平日はいつも着ていたじゃない。だから、僕にとっ

「いっしょに高校に通えなかったから、そんな雰囲気を味わいたかったんだ」

うれしくとも悲しくとも、今日だけ許された最初で最後の関係だ。

少しでも心残りのないように、義姉と最高の時間をすごしたい。

心情的には前に進みたくないが、それでは結衣の意志に反してしまう。

(きっとわざと明るくふるまって、暗い雰囲気を避けているんだろうな。義姉さんといっしょになれないと思うと泣きそうだけど、僕ひとりの人生ではないからな)

つくづく義姉の気遣いがありがたい。

「まったくもう。さっき少し感動したのよ。返してちょうだい……で、私にセーラー服とスク水を着せて、いったいなにをしたかったの」

「……ごめんなさい。そっちは僕の趣味です」

「でも百歩譲ってセーラー服は理解できたとしても、スク水はどういう理由なの」

結衣の慈悲に胸を打たれていると、当人はふと小首をかしげる。

いわね……わかったわ。さっきの件けど、明日の朝食はこれを着て用意するわ」

「着ていた私には作業の都合でしかなかったけど、臣くんにはまた違うのかもしれな
たんなるコスプレではないと理解してくれたのか、結衣は声のトーンを落とした。

ては義姉さんといえばセーラー服なんだ」

リビングのソファに腰を下ろすと、義姉は隣に腰を下ろす。

「同級生って設定なのかしら」

「あまり具体的な設定とかあるわけじゃないんだけど……」

「そう。深くは気にしないようにする」

三十センチと離れていないところで、結衣が微笑んだ。

頰に控えめな笑窪ができ、唇をかすかにたわめる。

砂糖をたっぷり入れたホットミルクにも似た甘い呼気に惹きよせられた。

「義姉さん……愛しているよ」

臣斗から顔をよせ、唇を重ねた。

神聖な肉片がフニュッとやさしく触れあう。

どちらからともなく舌を伸ばし、濃密にからめた。

十分な唾液で滑らせながら、舌のやわらかさや味蕾のザラザラした感触を堪能する。

唇の端から唾が流れたが、それに構う暇はなかった。

(これが義姉さんの唇……義姉さんの舌……なんて気持ちいいんだろう……)

うっとりと酔ってしまいそうな夢心地を漂った。

義姉の舌からは最上級の甘露が染み出し、とても離れることができない。

(脳みそが蕩けてしまいそうだ……)
義姉の舌はうまいだけではなく、感触も極上だ。
接吻の愉悦に溺れ、口唇を無我夢中に求めてしまう。
「あぁん……あんっ……」
飽きずにくちづけをくり返すうちに、義姉が苦しげに息をこぼした。
熱のこもった吐息は、だんだんと甘さを増している。
義姉は両腕でしっかりと臣斗を抱き返し、舌がすがりつくように密着する。
(義姉さん……うぅっ……気持ちいい……)
恋人以上に熱烈なキスを交わし、意識が遠のきそうになった。
綿菓子が溶けるように、臣斗の意識がじわじわと薄れてゆく。
不意に、義姉が崩れたかのように臣斗に体重を預けてきた。
よりいっそう義姉の肉体と密着していると、そこかしこから女の色香を感じる。
さらに義姉がもたれてきたことで、男性器を押された。
「ウウッ」
突如我慢が限界を迎えてしまい、恍惚の痺れに襲われた。
心地よさのあまりに、四肢が砕け散ってしまいそうだ。

とてもひとりでは堪えきれず、結衣に必死にしがみつく。

（義姉さん、義姉さん……）

ドクンッ、ドクン、ドクッ、ドク……。

幾度も絶頂が背すじを駆け抜け、そのたびに身体を脈打たせていた。

やがて脈打つ間隔がひろがり、陶酔も徐々に落ちつく。

いつの間にか瞼を強く閉じていたので、力を抜き、ゆっくり目を開く。

目覚めのようにスッキリしながらも、倦怠《けんたい》感も混ざった不思議な気分だ。

自分が射精していたことにやっと気づいた。

「大丈夫？」

心配そうに義姉がのぞきこんでいた。

額を汗が伝うのを感じながら、うなずき返す。

「ごめん。その……義姉さんとキスをしていたら、イッちゃった……」

「男の子って、そういうものなのかしら」

「そんなわけない。キスだけで射精したら大変なことになるよ……たぶん相手が義姉さんだから、興奮したんだと思う」

「私のこと、好きすぎじゃない？」

義姉は冗談めかして言った。

もし結衣が上京しなければ、美咲や梨花と関係することはなかったかもしれない。彼女たちと接するうちに成長したのも事実なので、そういう意味では、義姉の主張を理解できないわけではない。

だが、臣斗にとってナンバーワンにしてオンリーワンが誰かは考えるまでもない。

「そうだね。僕は重度のシスコンだ」

たとえば結衣が幼なじみだったなら、また運命は違ったかもしれない。

幸か不幸か結衣は義理の姉であり、臣斗の成長を手助けした。

家族ゆえにそれ以上の接近を拒まれ、かわりにふたりきりの最後の夜を許された。

「本当に大丈夫なの。いろいろ心配だわ」

「大丈夫だよ。明日にはもう少し普通になれると思う」

「まったく……しょうがないわね」

結衣はソファから下り、臣斗の足もとに膝をつく。

臣斗の寝間着がわりのスウェットのゴムに手をかける。

さすがに彼女の意図に気づき、臣斗が腰を浮かせると、するりと下ろされた。

「うふふ。卒業間近の高校生でもお漏らしってするんだね」

「……義姉さんのせいだから、義姉さんがきれいにしてよね」

今夜だけは思いっきり義姉に甘えることにした。

「はいはい。もちろんわかっているわ。お義姉ちゃんのせいでエッチなおしっこ漏らしちゃったんだものね。うわ……すごい……」

下半身がまる裸になると、ザーメン臭があたりに漂い、鼻を衝《つ》いた。

さすがに恥ずかしくなって隠そうとしたが、義姉に手首をつかまれた。

「中までドロドロじゃない。パンツは忘れずに洗濯機に出しておいて。明日、お父さんが帰ってくるまでには洗うから。それにしても、けっこう大きいのね」

芯のやわらかい半勃起で、ふくらんだ陰茎が股間からボロリとぶら下がっている。

無念の残滓がボタボタとフローリングに落ちた。

ティッシュを取り、義姉は濡れた陰部にかぶせた。

「子供のころはかわいらしかったのに、ずいぶん卑猥な形に育つのね。ミル貝みたいだわ」

まる裸状態のペニスを観察しながら、内腿や恥毛の汚れを拭いてくれる。

かぼそい指に下腹部を触れられ、しかもティッシュの感触が妙にくすぐったい。

思わず「うっ」と息むと、中に残っていたものが涎のように滴った。

「まだ出きってないのかしら」

新たにティッシュを引き抜き、ギュッと陰茎を握った。

乳搾りでもするかのように何度か握って、棹の汚れを拭く。

さらに、先端からは白い粘液が滲んだので亀頭を包む。

「じゃあ、剝がすからね」

義姉は陰茎に巻きついた薄紙をゆっくりと剝ぎ取った。

射精直後のまだ敏感な亀頭が、微弱でありながら鋭敏な刺激を受ける。

神経を直接くすぐられたかのようにむず痒く、ゾワゾワする。

「ちょ、ちょっと……ね、義姉さ……うっ……く、くすぐったい……あぅ」

拷問をやりすごすことができず、背すじがわなないた。

悪戯を楽しんでいるのか、義姉は口角をやや上げる。

「夜は始まったばかりだというのに大丈夫かしら」

そう言いながらも、陰茎や陰嚢にこぼれた白濁液を丁寧に拭き取った。

拭かれるたびに、相変わらず軽やかな触感に苛まれる。

ただ、時間とともに絶頂の痺れは薄れ、感度も弱まった。

義姉の献身的ともいえる行為ではあったが、あまりにくすぐったく、一度欲望を吐き出した陰茎は縮んでしまう。

「不思議ね。さっきまであんなに大きかったのに、こんなに小さくなっちゃうのね。それに形もさっきとぜんぜん違うわ。カブトムシの幼虫みたい」

指先で軽くツンと突くと、当の男性器はブラブラと軽く揺れた。

「大事なところで遊ばないでよ」

「別に遊んでいないわ。こんなところまで立派な大人になったことを感心しているのよ。じゃあ、今度は舐めてあげようか」

フローリングに膝をついた義姉は、ソファに座る臣斗を上目遣いで見あげた。

媚びたような仕草がセーラー服にも似合い、愛くるしい。

考えるまでもなく首をガクガクと上下にふってしまう。

「いつまでも甘えんぼさんね」

義姉は目尻を下げて微笑んだ。そのまま腰を屈めて、男の股間に顔を埋める。

拭いたばかりの恥毛に義姉の吐息がかかり、やや涼しい。

義姉の顔はみるみるうちに股座に迫り、一瞬で吸いこまれる。

ぐにゃぐにゃの陰茎は口唇に咥えられ、その中に消えた。

剝き出しの亀頭は濡れた舌に迎えられ、下から転がされる。

「うぅ。義姉さんのお口、気持ちいいよ……ああ……」

朱唇が肉茎を隙間なく塞ぎ、裏スジを舐められ、亀頭は内頬に擦られた。

過敏な性感帯をいい子いい子とやさしく撫でてくれる。

丁寧な心づくしを受け、全身の力が抜けてしまう。

「ヤバい……義姉さんのフェラ、最高……うぅっ」

義姉は唇を少し突き出して男性器を密封した。

美女らしからぬひょっとこに似た表情は臣斗のみに見せる顔で、そうまでしてくれる義姉には好印象しか抱けない。

口唇の中では男性器があやされ、クチュクチュと小さな音がこもる。

欲望を吐き出してスッキリしたものの、最愛の人からの卑猥な行為で再び劣情に火が点された。陰茎はドクンと力強く疼き、エナジーチャージされる。

「くちゅっ……あんっ、またおっきくして。もう復活しちゃったの」

口唇奉仕によって陰茎に血潮が流れ、ムクムクとふくらんだ。

ついさっきまでカブトムシの幼虫だったものが何倍にも大きくなり、やがてミル貝になり、そして肉凶器へと変貌を遂げた。

義姉の小さな口には収まらず、唇を捲りながら弾け出た。

結衣の大きな目がやや寄り目になって、目先の肉棒を見つめている。

「さっきはかわいらしかったのに……ぜんぜん違うわね……」

剝き出しの亀頭は赤銅色で、どこか怒っているふうにも見えた。

雁首は堂々とひろがり、天を見あげる屹立はギンと硬化し、ブロックひとつくらいなら支えられるのではないかと思うほどに精力が漲《みなぎ》っている。

気性の激しい馬のようにビクンビクンと暴れて、興奮を訴えた。

「じゃあ、また舐めてあげるね」

これはこれで魅力的な提案だったが、臣斗は抗う。

「ちょっと待って。それ脱いでくれないかな。せっかくだから水着も見たい」

「……本当にエッチね」

文句を言いながら、義姉は立ちあがった。

セーラー服を脱ぐと、中から現れたのはスクール水着だ。

平凡な学校指定の濃紺の水着で、デザインとしては少し野暮だ。

腹部に白布が縫いつけられて「新見」と苗字《みょうじ》が書かれている。

おそらく身長は当時とそう変わらないが、胸のあたりは明らかに窮屈そうで、胸もとに深い谷間を作っている。

ふとももの付根を水着が締めつけ、あまった肉が盛りあがっている。全体的に昔よりも女性らしく熟れ、ムチッとした印象を醸していた。義姉の水着姿を眺めているうちに、屹立がギチギチと軋む。

「スク水、超いいよ」

「あなたの性癖、心配ね」

「こんなこと義姉さん以外に頼めるわけない」

「どうやったらいいの。咥えたらいいの？」

「それもいいんだけど、先っぽをペロペロしてほしいな」

「わかった。やってみるわ」

臣斗はソファに腰を下ろしたまま、両足を大きく開き、結衣を招いた。

義姉もそれに気づき、足もとに膝をつく。

「義姉さんを跪《ひざまず》かせるのって、申し訳ないけど優越感があるよ。ねえ、早く舐めて」

リクエストをすると、膝立ちで臣斗の股間に顔をよせる。

そして舌を長く突き出し、見せつけた。

ゆっくり舌先をよせてくるうちに、義姉の呼吸で亀頭がくすぐられる。

「真っ赤な舌がチ×ポのすぐ近くにまで……うぅっ」

リクエストどおり、結衣は勃起の先端を舐めた。

舌先を刷毛《はけ》のようにたわめて亀頭の傾斜を撫でたかと思えば、裏スジを細かくこそぐ。濡れた紅舌そのものが生き物であるかのように器用に蠢き、執拗《しつよう》に責める。

「ああ、いいよ……すごくいい……」

ソファに体重を預け、性悦にうっとりした。

ぴちゃっ、ぴちゃ……れろっ、れろろ……。

犬が水を飲むときのように舌を長く突き出し、義姉は義弟の勃起を苛む。

心地よさのあまりに、勃起が大きく跳ねてしまう。

「……あんまりオチ×チンを動かさないで。私のこと、からかっているでしょ」

「勝手に動いちゃうんだよ」

「それなら動かないように押さえるね」

結衣は屹立の根もとを親指と人さし指で摘まんだ。

さっそくビクンと引き攣るが、指で押さえられたため、跳ねる幅は減った。

「これくらいでいいかしら。れろっ」

亀頭責めが再開した。

長い舌は卑猥にうねり、鞭《むち》のように雁首に巻きついたかと思えば、プロペラのようにグルグル旋回して正面から舐めてくる。

「あぁ……それ、ヤバい……」

十代の勃起は、二十代の女の舌技に翻弄されつづけた。

つい先ほどキスで射精したばかりだというのに、ジリジリと追いこまれる。

(こんな顔も美人だよな……)

肉棒に奉仕する姿に見蕩れてしまう。

大きな瞳は黒く濡れ輝き、やや寄り目になって近すぎる肉棒を見あげる。

頬は高揚のためかやや火照り、しかもはじめて見るスク水姿が新鮮だ。

素肌をのぞかす胸もとはギュッと押しこまれ、深い谷間を作る。

あちこちから淫猥な雰囲気を醸し、男心を虜にした。

「ぴちゃっ……れろっ……あん、苦いのが出てきた……ぴちゃっ……」

ふたりの視線が重なる亀頭から、透明の粘液が滲んだ。

水滴がまるくふくれ、こぼれそうになると、義姉に舐め取られる。

何度も何度も取られても先走りは湧き出し、結衣の唾液と混ざった。

赤黒い亀頭は、恥ずかしいほどにテカテカに照り返す。

「うぅ……本当にもうダメかも……」

ヌメヌメした真っ赤な舌に幾度も責められ、亀頭が痺れ出した。

甘い痺れが勃起や陰嚢に募り、息が荒くなる。

臣斗は立ちあがり、義姉の顔のすぐ前で肉棒を猛然としごき出す。

少しガニ股になり、上を向こうとする肉槍の穂先を無理やり下に向ける。

「ヤバい……義姉さんのおっぱいに出させて……うぅ……うおぉっ」

身体がドクンと脈打つと、意識を断ち切らんばかりの快美な痺れが駆け抜けた。

強い刺激のあまりに声を抑えられず、吠えてしまう。

同時に、亀頭の先からザーメンを水鉄砲のように射出する。

「おっぱいが僕のザーメンで……うっ……」

白い粘液が義姉のデコルテに降り注ぎ、清らかな肌を己の体液で汚した。

スライムのようにドロリと流れ落ち、乳谷の狭間に呑みこまれる。

新たに噴き出した精液は、濃紺の水着に斑点を作った。

自分の体液で女性を汚し、マーキングすることに酔った。

それがたとえ一時的な満足で、意味のない行為だとしても、残された手段のない臣斗はやらずにいられなかった。

3

不埒きわまりない行為で義姉を穢す倒錯に、しばし陶酔した。

「こんなにいっぱい出しちゃって……それにすごく臭い」

義姉の言葉に現実を取り戻す。

乳房の中は精液に濡れ、水着も精液まみれだ。

いくら恋人や妻のように扱ってよいと言われていても、ものには限度がある。

嫌われたり、怒られたりするのも困るので、急いでタオルを取ってきた。

「義姉さん、これで身体を拭いていて。朝の洗濯は僕がやるから」

そして、義姉へのプレゼントがあるのを思い出し、急いで自室から取ってくる。

「義姉にこんな贈りものをしたらヘンだと思うかもしれないけど……あの……これ、少し早いけど誕生日プレゼント」

大きめの薄い箱を手渡した。いかにも高そうな包装紙に包まれている。

入試と同じくらい緊張しながらデパートで買ってきたものだ。

「ありがとう……ずいぶんきれいな包み紙ね。開けていい？」

うなずくと、義姉はリボンを解き、小指の爪でテープを丁寧に剝がす。

蓋を開けると、義姉は愛らしい目を大きく開いた。

「ヤダ……なに、これ……」

いやがられたのかと思ったが、どうやらそうではない。

黒い瞳を潤ませて、目を輝かせている。

「すごくうれしい。でも、高かったんじゃないの」

義姉に贈ったものは、下着のセットだ。

ブラジャーとショーツとガーターベルトとストッキングを組みあわせたもので、純白のレースを基調としたものだ。少し透けた感じが大人の色気を演出する。

以前、梨花のつけていた黒い下着もよいが、義姉には白が似合う気がした。

「値段は気にしないで。それよりさっそくつけてくれないかな」

「もちろん、構わないわ」

義姉は立ちあがり、スク水の肩紐に親指をかけた。

そのまま脱ぐのかと思いきや、顔を下に向け、やや上目遣いで臣斗を見返す。

「恥ずかしいから、こっち見ないで」

言われるがまま、身体を反対に向けた。

気が気でなく、フローリングにこぼれた白い残滓を拭いて待つ。

背後からは、かすかな衣擦れやゴムが肌を打つ音がした。

しばらく無言が続き、やがて声をかけられる。

「お待たせ。どうかしら」

「う、うん……とてもきれいだ……」

義姉の身体に見蕩れて、それ以上の言葉が浮かばなかった。

乳房のまるみや豊かな臀部はレース編みの下着に覆われ、白いストッキングは清楚な印象を与える。ショーツは底の浅いビキニで、女らしさを大胆に見せつけている。

乳白色の義姉の肌と、繊維の白、そして透けたレースの白がグラデーションを描いて清純さをきわだたせていた。

「レースがすごくおしゃれ。しかも、サイズもピッタリだわ」

腰を捻って自分で前後左右を確認し、違和感はないようだ。

「よかった……」

全身が白く輝く義姉に見蕩れていた。

もし女神がこの世に存在するなら、きっとこんな雰囲気かもしれない。

「そうだ。ちょっと待っていて」

今度は義姉が臣斗を残し、リビングから出た。そして、すぐに戻ってくる。

「もしこんなふうに遊んでいるところを見つかったら、お義母さんに怒られちゃうかもしれないけど、今日くらいいいよね」

そう言いながら、手にしていたものを両手でひろげた。

義姉の身体よりも大きな白い布が宙に舞う。

その布を頭からかぶり、落ちないように自分の手で押さえる。

「ど、どうかな」

恥ずかしげに尋ねてきたものの、臣斗は目を奪われていた。

頭に巻いたのはレースのカーテンで、ウェディングドレスのヴェールを模している。

「完璧だ。即席だけど、完璧な花嫁衣装だよ」

もう記憶が曖昧なほど遠い昔、義姉とお嫁さんごっこをやった。

当時も義姉はレースのカーテンを頭から巻いて、ヴェールがわりにしていた。

もちろん、臣斗は新郎役だ。

(思えば、いくらでもチャンスはあった。失ってからそのことに気づいても遅かったんだ。それなのに僕は……)

ごっこ遊びとはいえ、結衣にもその意識はあったはずだ。

それであれば、ふたりがいっしょになるという未来を選ぶこともできたはずだ。
もっと早く、義姉よりも先に臣斗が決断すれば、結果は異なったかもしれない。
ただ、義姉とは少し歳も離れ、臣斗が決断するのは客観的に難しい。
(どちらにせよ、今となってはもう遅い)
不退転の決意を義姉がした以上、従う以外にはない。
奥歯を噛んで涙を堪えながら、義姉に向かって微笑む。
お嫁さんごっこをやったとき以来の台詞を口にする。
「あなたは臣斗を夫とし、いかなるときも愛することを誓いますか」
「誓います。あなたは結衣を妻とし、いかなるときも愛することを誓いますか」
「誓います。それでは誓いのキスを……」
互いに牧師役を兼ねながら、永遠の愛を誓った。
ふたりにとって、今日が最後のお嫁さんごっこだ。
臣斗はヴェールを捲り、結衣の素顔を見つめる。
(愛している、今も昔もずっと)
首を少し傾け、唇を重ねた。女性の神聖な部分を塞ぎ、義姉との距離をゼロにする。
やわらかな唇の感触を味わい、甘い吐息を感じながら頰に触れた。

赤子を思わせるなめらかな肌の質感に、指が離れるのを拒否する。

(どうしたんだろう。もの足りない……)

義姉に触れている唇や指先がむず痒くなり、身体が急速にザワつき出した。

鼓動は明らかに高まり、細胞が燃えるかのように全身が熱くなる。

(もっと義姉さんが欲しい)

頭の芯が沸騰するほどに、結衣への欲望が強まった。

舌を挿しこみ、愛しい人の唇の裏まで暴こうとする。

頬を撫でていた指は横髪を梳き、首すじを這う。

「んんっ」

義姉は眉間に深く皺をよせたあと、ゆっくり瞼を開いた。

アーモンドアイは長い睫毛《まつげ》に縁取られ、瞳は黒瑪瑙《くろめのう》のようにしっとり煌めく。

「誓いのキスって、こんなにエッチなキスだったかしら」

「ごめん。義姉さんを相手に我慢できるわけないよ」

「でも、私もちょっと興奮しちゃった」

恥ずかしそうにはにかむ義姉に、愛おしさが募る一方だ。

「動かないで」

「え……どうしたの……キャッ」

結衣が悲鳴をあげたとき、臣斗は彼女の膝裏に腕を通し、下から抱きあげた。

そのままリビングを出て、階段を上りはじめる。

「大丈夫、重くない？」

「筋トレやっているからね。でも、バージンロードが狭い階段で、しかも横向きじゃないと通れないのがちょっと格好悪いね」

「いいえ、素敵よ。花嫁になって、しかもお姫様だっこなんて」

義姉は下から腕を伸ばし、臣斗の首にかけた。頭を少しあげ、唇を突き出す。

結衣に媚びられ、抗えるわけはない。軽くくちづけを交わしながら、階段を上る。

(梨花先生に勧められた筋トレのおかげかな)

ふたりぶんの体重を支えて安普請が軋むなか、密かに担任に感謝した。

自室に入り、ベッドの上の布団を足で払うと、花嫁をゆっくり寝かせる。

臣斗は白い下着姿の義姉を見下ろす。

「最高にきれいな花嫁だ。レースのカーテンも似合っている」

「最高に素敵な花婿よ。まる裸なのが難点だけど」

「これ以上の花婿の衣装はないよ。式のあとは初夜なんだから」

義姉も期待しているのか、黒い瞳は潤み、頬はほんのり朱に染まっている。

小気味よくふっくらふくらんだ唇は、桜の蕾《つぼみ》にも似ていた。

義姉の上から身体を重ね、唇を重ねる。

ちゅっ……ちゅぷっ……。

吸着音がかすかに響くなか、結衣の細い指に頬を撫でられ、首すじを触られた。

臣斗もただ触られるだけではなく、キスをしながら義姉の背中に手をまわす。

意図に気づいた義姉が背中を浮かせてくれたのでホックをはずし、ブラをゆるめる。

「せっかくの花嫁衣装だったのに、もう脱がされるなんて残念だわ」

「でも、義姉さんは花嫁衣装がなくても、十分にきれいだよ」

そう言いながら、ブラジャーを剝ぎ取った。

白いデコルテからなだらかに乳房がふくらんでいる。寝ているのでやや横にひろがっているものの、崩れそうで崩れないプリンのような絶妙な盛りあがりだ。

ふたつの乳山はふるふると蠱惑的に揺れ、プリンの上に乗ったサクランボのように赤く彩られた頂点はふもとの揺れに翻弄される。

鮮やかな残像に誘われ、乳房を鷲づかみにし、先端の果実に吸いつく。

「これが義姉さんの乳首の味なんだ」

「あんっ、あっ。ダメよ。そんなに吸ったってなにも出ないわ。はぁん」

義姉は枕に後頭部を押しつけ、わずかに腰をくねらせて胸を突き出した。

逃げようとしているようにも、もっと触ってほしいと訴えているようにも見える。

いずれにせよ、とても口を離せず、左右の乳首を交互に舐め啜った。

「なにも出てないって言うけど、絶対にお乳が出ている。だって、こんなに甘くておいしいんだもの。止まらないよ」

乳頭を弄ることに夢中になっているうちに、厚い皮膚がムクムクと硬くなる。

哺乳瓶の飲み口のようにピンととがり、吸ってくれと自ら主張する。

吸わずにいたら、男が廃るというものだ。

強く吸引し、ときに歯で軽く嚙むと、嬌声のオクターブが上がる。

「ああっ。感じちゃう。そんなに強く吸われたら、おっぱいだけでイッちゃいそう」

乳房を口で堪能しつつ、右手を義姉の身体にそって這わせた。

少し凸凹する肋骨から、雪原のように白くなめらかな腹部へと撫でていく。

ガーターベルトを越えて先に指を進めると、薄く複雑なレース編みの布に辿り着く。

なだらかにふくらんだ恥丘をくすぐると、下腹がビクンと弾んだ。

(この向こうに義姉さんのオマ×コがあるんだ……)

手のひらをショーツにかぶせた。花嫁衣装から作ったようなレースの優雅なデザイン同様、触った感触もサラサラと上品でしかも薄い。

やわらかい薄布の上から女体の底部にそっと触れる。

「んっ……そう……そこはやさしく……あっ」

指先の力を抜いて股座を撫で、下着の向こうを探った。

指でもわかりにくいほど小ぶりなふくらみがあり、そこを軽く擦る。

「そう……その調子……それぐらいがいいわ……あぁん」

乳首を吸い、女陰を撫でていると、義姉はモジモジと腰を揺らした。

息を荒らげ、頬を火照らせ、やや身体が汗ばんでいる。

薄布から淫蜜が滲み、指を湿らす。女体はたぎり、女陰が濡れていた。

女の高揚を感じ、臣斗自身も高まりを抑えられない。

「脱がすからね」

臣斗の言葉を聞き、結衣は視線をぼんやりと宙に漂わせながらも、小さくうなずく。

サイドラインに指をかけ、ゆっくり下ろす。長い足を通して剝ぎ取った。

ショーツの股布から愛蜜が糸を引き、たわんで消える。

股座の底には、頭髪と同じように黒々とした恥毛が生い茂っていた。

だが、目的はこの先だ。
臣斗は身体を起こし、義姉の膝を立て、腿をひろげる。
その意図を察したのか、義姉が両手で自らの顔を隠した。
「そ、そうよね……これは初夜だものね……でも、あんまり見ないで……」
この言葉は容易には従いがたかった。
幸いにして義姉が顔を隠しているので、こちらを見ていない。
その隙に股間の前で腹這いになり、しっかり拝見する。
絶景ポイントから女体の神秘をとくと眺めた。
(義姉さんはこんなところまで、本当に整っている)
陰唇は控えめにふくらみ、縦に走った亀裂は淡い影のようだ。
亀裂の内側から花弁に似た肉片が短く伸び、蕾のように張りついている。
その上部にたたずむ宝珠は小さく、フードの中で大切に守られていた。
楚々としてなめらかな造形は、ガラス細工のように繊細だ。
(生まれたての赤ん坊もこんな感じなのかな。すごくきれいだ……でも……)
亀裂の中からは透明な蜜が滲み、牡を手招きしていた。
パールピンクの肉真珠はツヤツヤと輝き、今すぐにも舐めたいところだが、少し我慢して、陰唇の左右に両手の親指を添え、そっとひろげる。
くぷっと湿り気を帯びた音とともに、神秘の扉が開いた。
(生々しいのに目を離せない……)
乳白色の亀裂をひろげると、サーモンピンクの肉壁がウネウネと蠢いていた。
媚肉がヒクッと窄まり、奥から白濁液が搾り出される。
考えるまでもなく舌ですくい、嚥下《えんか》した。
「んぐ……甘い……義姉さんのミルク、甘い……んぐ……」
愛液は、砂糖を入れたホットミルクのような癖のある香りで牡を惹きよせた。
亀裂にそって縦に媚肉を舐めると、その奥からさらに恥蜜が溢れる。
仔猫《こねこ》が水を飲むようにピチャピチャと小さな音が響く。
「あぁん……そんなに一生懸命に舐めちゃって……んんっ」
義姉はM字に開いた足の指先をギュッと曲げ、臀部を小さく揺らした。
背中をベッドに密着したまま、臣斗の口から遠ざかろうとする。
(逃がさないよ)
ふとももを腕でかかえ、下半身をホールドした。
義姉の自由を奪い、股座に顔を埋めて舌戯に耽る。

溶けかけたバターのようにやわらかい襞肉を舐め、肉欲のうずまく陰核を転がす。
「いやっ……お、おかしくなっちゃう」
義姉の両手が臣斗の後頭部に触れ、ふとももが閉じる。
おそらく股間から追い出そうとしているのだが、むしろロックされた。
肉厚な腿はムッチリとした弾力で頰を挟み、臣斗をベストポジションで固定する。
近すぎて見えないのが難点だが、女神の淫泉を舐め放題だ。
「ぴちゃ……れろ……じゅる……じゅるるるっ……」
淫蜜は滾々と湧き、舐め取ることが追いつかず、口をつけて啜った。
掃除機のような下品な吸引音を響かせ、濃厚ミルクに舌鼓を打つ。
ひとくち飲むと身体が火照り、もうひとくち飲むと情熱が燃えさかる。
滲んだ淫蜜を一滴たりとも逃さず、必死に吸った。
「あっ。だ、ダメ……ねえ、本当に、も、もう……」
義姉の声がとぎれとぎれになり、ふとももは臣斗の顔を力強く挟んだ。
なめらかな肌に密着するのはよいものの、頰や耳が圧迫され、呼吸もしにくい。
(ひょっとして……ヤバいかも……)
意識がぼんやりし出しながらも、唇で陰唇を塞ぎながら舌を動かした。

結衣の下腹がググググッとせりあがり、両腿の力が増す。

「もうダメ……イッ、イク！」

顎が軋むほどに締めつけられたあと、とつぜん義姉の足が離れた。

足の指でシーツをギュッと挟みながら、下半身は壊れたかのように小刻みに震える。

肉洞から体液が水鉄砲のようにビュッと迸り、臣斗の顎に当たった。

(え……ひょっとして潮ってやつか。義姉さん、潮を噴いたんだ！)

予想外の反応に高揚し、舐めようと顔をよせようとしたが、両腿を閉じて阻まれる。

「だ、ダメ……い、今はちょっと、び、敏感で……な、舐めるのはやめ——ひぃっ」

息も絶えだえになるほど、義姉は絶頂の最中にいた。

身体をガクガクと震わせ、胸もとのふたつの肉塊はフルフルと蠱惑的に揺れる。

崩れそうで崩れないミルクプリンの先端で、ピンクチェリーが落ちそうになっては引力に抗って強引に戻された。

臣斗が身体を起こすと、義姉は安堵したように長く息を吐く。

だが、ゆっくり休憩を挟むほど、余裕はない。

「もう我慢できない。そろそろつながろう」

陰茎は仰角にそそり立ち、パンパンにふくらんでいた。

空気が限界まで詰まった風船のようで、少しでも触ったら即座に破裂しそうだ。
膝立ちで義姉の股間へ移動すると、義姉は形のよい目を見開いて怯《おび》える。
「え……そんな……もうちょっと休ませて……」
「せっかくイッてくれたんだから、もっと気持ちよくなれると思うよ」
絶頂で身体が自由にならない義姉に、にじりよった。
強固に天を見あげる陰茎を握り、無理やり下に向ける。
亀頭を陰唇にあてがって上下に擦ると、亀裂の内側から蜜が滲んですべりを助ける。
「でも、そんなの経験したことないもの……お願いだから少し——あぁっ」
肉刀の切っ先が亀裂を突き刺し、女肉に埋もれると、絹を裂くような悲鳴をあげた。
過敏な亀頭が、ヌメヌメとした微細な凹凸にくすぐられる。
(挿れた瞬間ってたまらない。このまま漏らしちゃいそうだ)
心地よさのあまりに背すじが震えるのに抗いながら、腰を押しつけた。
肉棒がゆっくり埋もれるにつれ、剛毛でくすぐられるような妖しい刺激を受ける。
総身の毛が逆立ち、一気に射精欲が増し、爆発しそうになった。
だが、肉洞があまりに狭いためか、すぐに行きづまる。
義姉は首にすじを浮かべ、両目をきつく閉じていたが、ゆっくりと片目を開いた。

「あの……笑わないでね……私、はじめてなの……」

衝撃の告白を聞き、膣の中で陰茎が跳ねた。

（義姉さんは処女なのか……）

臣斗でさえ童貞ではなかったので、美人の義姉はとっくに奪われていると思った。

東京で大学生活をすごしたのだから、恋人と肉体関係があっても不思議ではない。

しかし、そうではなかった。

「ごめん。もっとやさしくすればよかった。やりなおそうか」

ゆっくり腰を引こうとしたが、義姉の長い足が蟹挟《かにばさ》みをして遮る。

「それなら大丈夫。臣くんのおかげで順調だから」

褒められたようにも、揶揄されたようにも解釈できて返事に詰まった。

困惑を察したのか、結衣は強張った表情で微笑み返す。

「嘘じゃないわ。こういうことになりそうだったことはあるんだけど……」

確かに、容姿も年齢も申し分ないとはいえ、改めて義姉本人の口から性体験のことを言われると、ショックで言葉も出ない。幸いにも臣斗の返事を待たずに続けた。

「でも、ダメだった。たぶん、世界でいちばん信用するあなただからここまでできたのよ。だから、このまま私を奪って。最初の思い出をあなたに刻んでほしいの……」

身体を流れる血潮が熱くなり、気が猛る。密に触れる陰茎がドクンと疼く。

苦しげな表情だった結衣が、目尻を下げて笑う。

「うふふ。臣くんはオチ×チンまで正直者ね。このまま、もっと奥まで来ていいから
……でも、ずっとキスをして。出すときも唇を離したらダメだからね。それが守れるならバージンをあげる」

恋人っぽいリクエストに異存はなく、身体を倒してキスをした。

唇を重ね、食むように唇を揉むと、不思議なことに窮屈な膣がほぐれた。

（よし。これなら行けるかも）

体勢こそ挿入しにくいが、身体を大きく動けないぶん、抜ける心配もない。

むしろ、一方通行の肉路をズブズブと突き進む以外の選択肢がなくなる。

行きづまっていた先端が、突如奥へと吸いこまれた。

「あぁぁっ」

唇で触れあいながらも、義姉は絶叫した。

気のせいか、義姉の甘い香りの中に鉄の匂いが混ざる。

「痛くない、大丈夫？」

言葉にするかわりに、唇を舐めて少しでも痛みを和らげようとした。

「大丈夫よ。それよりも、もっと続けて」
結衣もまた言葉にするかわりに、手を握り返す。指の股を重ねる恋人つなぎだ。
（義姉さん、もう二度と離さない！）
両手をしっかり握り返し、唇を塞ぎながら腰を動かした。
身体を重ねていたこともあってピストンしにくく、反復の幅は短い。
それでも、ゆっくり着実に義姉の奥を突く。
亀頭が奥深くまではまると、キスしながら結衣はあえぐ。
「あっ、あん……んっ、いやっ……またッ」
眉間に深く皺をよせ、臣斗を乗せたまま、身体をのけぞらせようとした。
リクエストどおりに唇を吸いながら、肉棒を深く押しこむ。
（うおっ……これはマズい……）
狭隘《きょうあい》な肉路がギュッと収斂《しゅうれん》し、男根を締めつけた。
肉襞が亀頭に巻きつき、膣壁が精液を搾り取ろうと蠢動《しゅんどう》する。
結衣の情念が臣斗を奥へ奥へと誘いこむ。
（ヤバい。もう出ちゃいそうだ。もう少しつながっていたいのに！）
肉悦が我慢の許容量を超えようとする。

睾丸のあたりがグラグラと煮えたぎり、絶頂のマグマを噴きあげようと構えた。

だが、それと同時に、結衣が後頭部を支点にブリッジするように顎を上げる。

「いやいやん……また……い、イクッ」

臣斗の身体の下で、義姉の身体が跳ねた。

暴れ馬にしがみつく感じになり、臣斗自身はどうにか暴発をやりすごす。

(義姉さんに追い越されちゃった)

どうせなら気持ちを合わせて、ふたり同時に果てたい。

ピンチの裏にはチャンスがある。まだ媚肉はヒクヒクと締めつけ、精を求めていた。

先ほどはややタイミングが合わなかったので、今度は臣斗から探る。

「義姉さん、次こそいっしょだよ」

「え……いや、待って……あぁん！」

絶頂の痺れの最中なのか、臣斗が腰をくり出すと、結衣は甲高い声であえいだ。

男女の肉体がつながっているのを意識するなか、断固たる決意を抱く。

「僕の子を産んでほしい。絶対に義姉さんを幸せにするから」

「今、そんなこと言われたら……おかしくなる——んっ」

義姉との約束を守り、唇を塞いだ。

両手をしっかり握り、媚肉を何度も貫く。
肉棒はいつ限界を迎えても不思議ではないほど、ずっと痺れている。
うねる媚肉に抗って、男根を深く挿した。
結衣の両手が力任せに握り返し、腰がグッとせりあがってくる。
（来た！）
キスをしたまま、全身の力を抜いた。
その刹那、腰から蕩けそうな絶頂が始まり、視界が白く明滅する。
渾身《こんしん》の射精は今までとは比べものにならず、女神に導かれて天に昇りそうだ。
できることは手をきつく握り、決して唇を離さぬように押し当てることだけだった。

（とうとう結ばれてしまった……）
痛みを覚えたのは最初だけで、あとは無我夢中のひとときだった。
臣斗は亡き義母に代わって面倒を見たこともあり、ひときわ強く意識した異性だ。
異性への愛情と庇護《ひご》する意識とを抱く唯一にして大切な男性だった。
とうぜん、いつかは結婚するものだと思った。
幼いころ、姉弟は結婚できないと知って愕然《がくぜん》とした。

やがて、義理の姉弟は結婚できると知ったとき、歓喜のあまり叫びそうになった。

だが同時に、義弟との決別を意識するようになった。

血縁がなかろうと姉と弟なのだから、実の家族と同様であるべきだ。

義弟と肉体関係を持つことは、自身で禁じたことではあったが、悲願でもあった。

だから処女を捧げることができたことは、一生の思い出をもらったのにも等しい。

(私、あなたに女にされたのね……)

先ほど膣内に注がれた精液はいまだ熱を帯び、下腹にじんわりとひろがっている。

そして、その当人はというと、結衣の上から覆いかぶさり、結衣の肩に顎を乗せて荒い呼吸をくり返している。おそらく想いを伝えるのに力を使いはたしたのだろう。

(おつかれさま。素敵な男性になったわね、もう私の手がかからないほど……)

背中をそっと抱き、後頭部を撫でた。

難関大学に合格する知力を育み、結衣を抱っこで運べる体力もある。

世間の荒波の中で幸せをつかみ取る素養は十分にある。

(私が足枷になっては絶対にダメ。彼の前には未来が続いているのだから)

どれほど愛おしくても、いっしょになるべきではない。

もの思いに耽っていると、臣斗が身体を起こし、目尻を下げた。

「義姉さん、ありがとう」

どこか寂しげな笑顔で、目尻から頬を伝って雫《しずく》がこぼれている。汗にも涙にも見えた。臣斗は腕を背中にまわし、結衣を抱きしめた。

「どこかに消えるんじゃないかって心配したよ」

「ばか言わないで。オチ×チンがずっと挿さっていたのよ。消えるわけないわ」

しんみりした雰囲気がいやだったので、下品なジョークで返した。

それが伝わったのか、彼は微笑んで返す。先ほどよりは寂しさが薄れた気がする。

「痛くなかった？」

「その瞬間は注射を刺されるみたいに痛かったけど、あとは意外と平気だったわ。あなたがちゃんと濡らしてくれたからかしら。臣くんはもう満足？」

彼は首を小さく横にふる。

「義姉さん相手ならまだ満足できないよ」

「それなら妻の出番ね。夫をやる気にさせないと」

義弟の想いに応えられないことは心苦しく、せめて今夜だけは彼の願いを叶えるべく、淫らな女になろうと思う。

ゆっくり腰を引くと、軟化した陰茎がヌルリと抜けた。

膣に注がれた精液が逆流しそうだったので、慌ててティッシュで押さえた。

義弟をベッドの端に座らせ、結衣は彼の足の間で膝をつく。

抜いたばかりの陰茎は平時よりは大きいのだろうが、うつむいていた。

「さっきはがんばったから、お疲れかしら……ちゅっ」

腰を屈め、彼の股間に顔を埋めた。ふたりの体液で濡れた陰茎を唇の先でついばむ。

下を向いて垂れたまま、唇で触れるたびにヒクッと弾む。

「うぅ……美人のお掃除フェラなんて超贅沢だ」

「美人なんて言ってくれるなら、もう少しサービスしちゃおうかしら。この先っぽが好きなのでしょ。汚れているからお掃除のしがいがあるわ。ちゅぷっ」

剝き出しの亀頭に接吻をふるまった。

交わりの先端だけあって、男女の愛液に濡れている。

「ちゅっ……特にこの張り出した傘の裏側がドロドロになっているわ」

やわらかい先端を吸いこみ、舌の上であやした。苺《いちご》くらいの大きさなので、そう大きくはない。裏スジを撫でて、先ほどの奮起を慰労する。

臣斗はベッドの端を両手でつかみ、首にすじが浮くほど強く奥歯を嚙んでいる。

「くぅっ。義姉さんのフェラ、気持ちよくって、チ×ポが溶けそう。うぅっ」

低く吠えると同時に、口内の陰茎がドクンと脈打った。
すると、空気の抜けた風船のようだったものが、ふくらみはじめる。
亀頭が徐々に頭を上げ、肉茎には芯が走ったかのようにまっすぐになった。
（すごい……興奮すると、こんなふうになるのね……）
俄然容積を増した肉棒が、我が物顔で結衣の口内を占めた。
大きくなると同時に、熱量も増し、匂いも濃くなる。
酸味の混ざった匂いが立ち昇り、鼻の奥がツンと痺れた。
癖のある香気は不快感よりも好奇心を抱き、自分から深く吸いこんでしまう。
牡のフェロモンに鼻腔を侵され、うっとり酔ってしまいそうになる。
（こんなに大きくしちゃって……）
噛んではならないボンレスハムを咥えさせられたようなものだ。
口内に余裕はなく、歯が当たらないように顎を大きくひろげる。
唇をゴムパッキンのようにキュッと窄めて肉幹を塞ぐ。
そのまま、首をゆっくり前後にふりはじめる。
「ディープスロートなんて感激だよ。もう死んでもいいくらいだ」
（ずいぶんオーバーね。でも、悦んでくれるならがんばっちゃおうかしら）

言葉にするかわりに、行動で返した。

そのまま首をふりつづけると、必然的に唇で肉棹をしごき、舌の上で裏スジをすべらせ、肉槍の先端は内頬や喉奥を突く。

慣れない感覚にえずきそうになり、反射的に唇や喉奥を引き攣らせる。

じゅぷ……ぶぽっ……ぶぽっ……くちゅっ……じゅぽっ……。

唇や口内あるいは喉奥から猥雑な吸引音が漏れた。

「義姉さんの唇が伸びたり縮んだりするのが、すげえエロいよ」

肉棹を呑むたびに、肉棒は鋼鉄を思わせるほど逞しく育つ。

上を向こうとして、狭い口内でホップする。

(ちょっとそれ、ぜんぜん褒めてないわよ)

口にものを含んで出し入れしているのだから、唇が伸び縮みするのは当然だ。

それにお世辞にも品がよいとは言いがたい。

それを見て悦んでくれるのなら悪い気はしないが、肉体は限界が近かった。

(これ、意外とツラい)

口呼吸を封じられ、しかも決して歯を当ててはならず、粗野には扱えない。

顎がはずれてしまいそうで、さらに男性器が喉奥を突く。

ちょっとした拷問で、意識が朦朧《もうろう》としてきた。
限界が近いものの、不思議な高揚が湧いてくる。
(これはこれでいいのかも……)
なぜかは結衣自身にも定かではなかった。
愛しい人が悦んでくれるからかもしれない。辛苦を以て愛情に応えようとしている
からかもしれない。そんな自分に酔っているのかもしれない。あるいは、異常事態の
連続で、気持ちまで異常になっているからかもしれない。
いずれにせよ、首をふりたて、この場限りの夫への愛情を証明しようとした。
マラ吸いをふるまううちに、苦みのあるエキスが漏れてくる。
牡の発情を舌で感じると、女体がじくじく疼き出す。
ところが、そこで臣斗がストップをかけた。
「もうこれ以上は危険だよ」
彼から腰を引きはじめたので、結衣は肉棒を口に含んだままその場に留まった。
根もとまではまっていた男根がゆっくり抜け、結衣の唇を内側から捲る。
射精後で汚れていた肉棹は、唾液でテラテラと濡れ光っている。
ひときわ大きくふくらんだ亀頭が口から出るとき、ビンッと弾けた。

そして、お辞儀ぎみだった陰茎は、太くなって堂々と反り返った。

興奮を取り戻した亀頭は真っ赤になり、まさしく怒張している。

「せっかく元気になったのだから、そのまま出してもよかったのよ」

「確かに義姉さんのおしゃぶりは最高だけど、いっしょに気持ちよくなりたいし、中に出したいんだ」

臣斗が膝立ちになると、股間のものも揺れた。濡れて照り返し、そそり立つ。

その様子は剝き身の刀のようにも見え、収まるべき鞘《さや》を探しているかのようだ。

結衣の手を引き、ベッドに戻した。

「もう一度、いいかな」

「だって初夜なのでしょ。愛しい人にはいくらでもつきあうわ」

「さすが、よくデキた花嫁だ」

「でもさっき出したものが残っているから、シャワーを浴びたほうがよくない？」

「気にしない。むしろ全部かき出して、新鮮なのを注ぎなおすから。お尻向けて」

「……えっ。こ、こう……かしら」

臣斗の指示に従って、ベッドの上で四つん這いになった。

犬のように構えているためか、どことなく服従の儀式めいているように感じる。

臀部を掲げ、肉槍の到来を待った。

（ついさっきまで、バージンだったのに……）

下腹の奥に多少鈍痛が残っていたが、どちらかといえば女体は疼き、早く挿入してほしい。義弟との秘めた関係を成就し、女体は発情しつづけ、精を渇望している。

心身ともに健全に育ったことの証左であると同時に、歪んだ愛情が発芽して、それが自身にも抑えきれないほど大きくなっていた。

陰裂を塞いだティッシュを剝がすと、先ほど注がれた牡汁がドロリと流れ出る。

陰唇にそって流れ落ちるとき、少々むず痒くて思わず「あんっ」と漏らした。

新たな愛蜜が湧き、古い体液を押し出したのかもしれない。

結衣の背後から臣斗が膝立ちで近より、ベッドが軋む。

「オマ×コがオチ×チンを欲しがって、涎を垂らしているみたいだ」

指先で雫をすくい、ゆっくり縦に動かした。陰裂の襞肉を押しひろげながらまぶす。

そして、新たな蜜をすくって、今度は肉真珠まで稼働域をひろげる。

そっと触れただけなのに強い性感がビリビリと迸り、身体を引き攣らせてしまう。

「あん。ちょっと……」

臀部を突き出したまま、腰をクネらさせた。

男の指はひとときも離れず、執拗に狙いつづけている。

「腰がキュッと括れているのにお尻が大きいから、義姉さんはどんな下着でも似合うんだろうな、特にブラックとか。でも今みたいな、純白のガーターとストッキングって、やっぱり清楚な花嫁衣装みたいで特別だな」

「んん……あぅ、いいわ……」

姫口を弄られて、すでに幾度も果てた女体がザワつき、さらなる快楽を求めた。

性感帯をやさしく触られると、ふわふわとした性感に腰が震える。

情熱を取り戻す一方、それではもの足りないと肉欲が疼き、さらなる刺激を求めた。

「義姉さんはやっぱり最高だよ。夜の花嫁衣装を着た処女が、処女を奪われたとたん、もうこんなに淫らなんだから言うことない。本当に……最高の義姉さんだよ……」

片手で女陰を捏ね、もう片手でヒップラインを撫でられた。

爪の先で軽やかに滑り、ターンをくり返して、己の触れる面積をひろげる。

言葉は淫らなのに、気のせいか悲しげに鼻を啜っている。

「……もう挿入するよ。義姉さんの中に僕の精液を思いっきり吐き出したい」

ベッドを沈ませながら結衣の背後に迫り、女陰あたりに亀頭を押しつけられた。

陰唇に触れ、陰核を押しつぶし、やや雑に擦りつけている。

しかし徐々に女穴の中央に迫り、切っ先であわいを探り当てた。

ぐじゅっと湿った音ともに、肉門をこじ開けられる。

「あ……き、来た……あああああっ……」

灼熱の塊がほぼ未開拓の肉路を押しひろげ、女の下腹部を引き裂いた。

最初ほどではないものの、鈍痛とそれに遅れて性感に襲われる。

寒い冬に湯船に浸かることにも似た、背すじが崩れそうな感覚が始まる。

勃起を根もとまで埋め、臣斗は結衣の臀部を背後から押す。

「さっきより狭くてしごかれている感じが強い」

「なにもしてないわよ」

「バックだと筋肉が締まっているのかもしれないね。それに義姉さんのヒップを触れるから、ポイント高いよ」

そう言って、両手で尻たぶをたたいた。ピシャッピシャンと乾いた音が響く。

「ちょっと痛いわ。いやよぉ」

「たたくと中の締まりが強まったよ。大きな桃尻をくねらせて色っぽいね」

「あ……うぅ。あぁん、ねえ、少しは落ちついて……あ、あっ……深いっ」

臣斗は背後からの抽送をくり出した。

正常位のときよりも姿勢が楽なのか、短い間隔で腰を引いては押し出す。

しかも、思いっきりぶつかって結衣の尻を潰し、ときどき尻を手でたたく。

興奮のあまり、少し乱暴になっているようだ。

「オチ×チン、暴れすぎじゃない……あふっ」

肉刀は媚肉を何度も刺突し、肉鞘を出入する。

容赦のないピストンを受け、空気入れで風船をふくらませるように快楽が蓄積した。

背後から臀部を打擲され、膣から性悦を与えられるうちに、上半身を支えていた腕が崩れ、顔を枕に押し当ててしまう。

「お尻を掲げているのがエロいね。挿れてくださいっておねだりしているみたい」

臣斗はピシャリと尻を平手打ちした。

さらに体重を乗せて腰でぶつかり、肉棒をひときわ深く挿す。

それをひたすらくり返し、打楽器にでもされたかのように軽快に尻をたたかれる。

「いやん……ペースを少し落として……お願い……」

「枕に顔を埋めたまま言われたって聞こえないよ」

ふだんの臣斗の態度からは考えられないほど荒々しく抽送を続けた。

ズンズンと媚肉を突かれるたびに背すじがピリッと痺れる。

それが蓄積し、いよいよ限界が迫る。

「そんなにズボズボされたら……今はまだ……ああ、イカされちゃう……んっ」

自分の中で風船がひとつ弾け、身体がガクガクと震えた。

極上の痺れのまっただなか、舌の根が不安定でまともに返事もできない。

結衣の反応に、臣斗が歓声をあげる。

「義姉さん、イッたんでしょ。オマ×コがさっきよりグイグイ締めつけてくる。早くイケって僕に言っているみたいだ」

結衣の膣を雁首でかき出し、そして閉じた肉路をひろげることをくり返す。

そして抽送のペースを落とし、両手を尻に乗せ、左右に裂いた。

奥まった部分が涼しくなる。絶頂の痺れの中にあって、抵抗はできない。

「肛門まで整っているな。皺が等間隔に並んできれいだよ。紫陽花《あじさい》みたい」

肛門自体を押したりひろげたりする。

「外側はちょっと紫がかっているのに、中は血みたいな濃い蘇芳《すおう》色だ。決めたよ、義姉さんの肛門を弄りながらイクよ」

肛門をねちっこく弄りながら、ピストンに耽っている。

最大限にふくらんだ肉棒を膣に擦りたて、臣斗は絶頂を目指している。

（精液を欲しがって、下腹が重くなっている）
後背位で結衣を貫きながら、指先で肛門の縁を愛おしそうに愛でた。
「そろそろヤバいよ……イクよ……もうイクからね」
（来て……そうじゃないと、私が先にイッちゃいそう）
臣斗の枕を抱きしめ、結果として声を出せなかった。
枕には義弟の匂いが染みついている。汗やシャンプーなどの混ざった残り香だ。
その匂いを肺いっぱいに吸いこんで、そのときを待つ。
（ねえ、早く……早くちょうだい！）
「義姉さんのオマ×コが締まってきた……イクよ……ザーメンを出すよ。うおっ」
臣斗が低く吠えると、肉棒の摩擦に加え、熱い体液が吐き出された。
ペニスによって膣洞の奥へと押しこまれ、灼熱のマグマが怒濤《どとう》のように押しよせる。
結衣の中で蓄積した快楽の風船は、ついにひとつ残らず爆発した。
高く掲げたヒップは、結衣の意識とは無関係にヒクヒクと震えている。
気を失うほどの心地よい痺れに襲われ、脳裏が白くまばゆく明滅する。
結衣が極みに達していると、臣斗が結衣の背中に身体を重ねた。
「義姉さん、結婚おめでとう……」

結衣の中で精を放ちながら、臣斗は涙している。
それを聞いて、結衣も泣き出した。それを臣斗が笑った。
「泣かないでよ。泣くのはフラれた僕だよ。でも、いつでも帰っておいで」
「ばかね。そういう馴《な》れあいを避けるためにバラバラになるのに……ありがとう」
結衣は身体を倒し、結合を解いて臣斗を抱いた。
すぐに忘れることとは、とてもできない。
そのためには長い時間が必要だ。
（やっぱり、あなたは私の大切な人だわ）
結衣は少しだけ決断を改め、わずかな期待に賭けた。
受験といい、運を天に委ねる傾向があるのかもしれない。
（タイミングを選んだつもりだけど、万一のときはすべてを捨ててでも……）
自分の下腹部をやさしく撫でた。そこは無限の可能性を秘めている。

◉新人作品**大募集**◉

マドンナメイト編集部では、意欲あふれる新人作品を常時募集しております。採用された作品は、本人通知のうえ当文庫より出版されることになります。

【応募要項】 未発表作品に限る。四〇〇字詰原稿用紙換算で三〇〇枚以上四〇〇枚以内。必ず梗概をお書き添えのうえ、名前・住所・電話番号を明記してお送り下さい。なお、採否にかかわらず原稿は返却いたしません。また、電話でのお問い合せはご遠慮下さい。

【送付先】 〒一〇一‐八四〇五 東京都千代田区神田三崎町二‐一八‐一一 マドンナ社編集部 新人作品募集係

憧《あこが》れのお義姉《ねえ》ちゃん 秘《ひ》められた禁断行為《きんだんこうい》

二〇二二年 十 月 十 日 初版発行

著者◉露峰 翠【つゆみね・みどり】

発行◉マドンナ社
発売◉二見書房
東京都千代田区神田三崎町二‐一八‐一一
電話 〇三‐三五一五‐二三一一（代表）
郵便振替 〇〇一七〇‐四‐二六三九

印刷◉株式会社堀内印刷所 製本◉株式会社村上製本所 落丁・乱丁本はお取替えいたします。定価は、カバーに表示してあります。

ISBN978-4-576-22136-6◉Printed in Japan◉©M.Tsuyumine 2022

Madonna Mate